KB075858

북극 허풍담 6

EN LODRET LØGN OG ANDRE SKRØNER
First published by Lindhardt og Ringhof, 1986. © Jørn Riel & Gaïa Editions

Korea translation copyright © Yolimwon Publishing co., 2022
Korean edition was published by arrangement with Gaïa Editions through Sibylle
Books Literary Agency, Seoul

북극 허풍담 6

터무니없는 거짓말

요른 릴 소설

지연리 옮김

열린원

| 일러두기 |

• 본문 중의 주석은 옮긴이주다.

• 인명, 지명 등 외국어의 우리말 표기는 국립국어원 외래어 표기법을 따르되,
  통용되는 일부 표기는 허용했다.

우리가 여기서 이렇게 평화롭게 사는 건
정말 큰 행운이야.

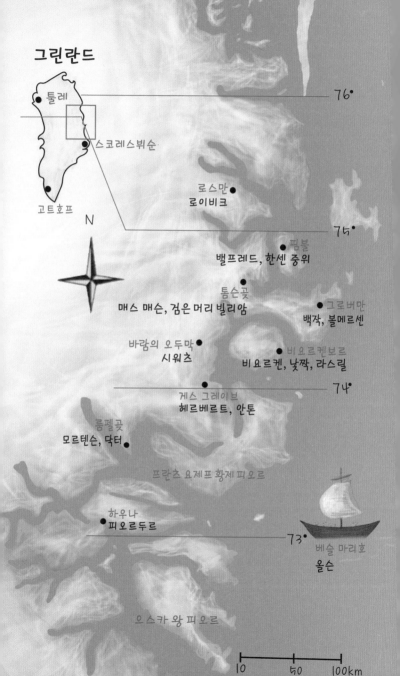

그린란드

틀레 ●

스코레스뷔순

76°

고트호프 ●

N

로스만 ●
로이비크

75°

핌불 ●
밸프레드, 한센 중위

톰슨곶 ●
매스 매슨, 검은 머리 빌리암

그로버만 ●
백작, 볼메르센

바람의 오두막 ●
시워츠

비요르켄보르 ●
비요르켄, 낯짝, 라스릴

74°

게스 그레이브 ●
헤르베르트, 안톤

룸펠곶 ●
모르텐슨, 닥터

프란츠 요제프 황제 피오르

하우나 ●
피오르두르

73°

베슬 마리호
올슨

오스카 왕 피오르

10   50   100km

지골로

가까스로 위기를 모면한 도덕

한센 중위는 마흔 살 생일잔치를 벌였다. 이 일은 연안의 친구들에게 큰 환심을 샀다. 모두가 인생 2막과 청춘의 절정에 도달한 전직 군인에게 경의를 표했다. 직업군인으로 발에 못이 박일 만큼 고단했던 시간에 비하면 흙 위에서의 삶은 대체로 순탄했다. 그래도 북극에서 보낸 여러 해는 다가올 40년을 즐기는 데 유용한 시간이 될 터였다. 한센의 전역은 한마디로 유치원 졸업과 같았다. 그는 풍요로운 땅과 친구들의 도움 덕분에 성장할 수 있었다. 한센은 어느새 나무랄 데 없는 사냥꾼이 되어 있었다.

로이비크가 제일 늦게 왔다. 거센 눈보라에 날아간 개들이 목줄 끝에 매달린 통에 제때 풀어주지 않았다면 전부 질식해 죽을 뻔했다. 지옥의 신부가 머물던 시절, 다이너마이트 폭발로 생긴 별채 오두막의 잔해도 돌풍에 손쓸 겨를 없이 핌불 언덕 위로 날아갔다. 바람이 눈을 일으켰다. 한센 중위는 로이비크가 집을 찾을 수 있도록 낡은 89년식 소총을 발포하며 밖으로 나갔다.

폭풍은 현관 문턱에 머물렀다. 건물 토대까지 몽땅 뽑으려는 듯, 바람이 핌불 오두막에 내리치며 울부짖는 소리가 들려왔다. 천장의 들보가 삐거덕거리며 구슬픈 소리를 내고, 돌풍에 식탁이 흔들려서 유리잔과 병이 요동치며 경쾌한 소리를 냈다. 마치 자연이 중위의 생일을 기리려 인사를 건네는 듯했다.

북극에 폭풍이 몰아칠 때마다 사냥꾼들은 하염없이 길게 이어지는 이야기들로 시간을 보냈다. 처음에는 다들 아는 통상적 레퍼토리로 시작했다. 화제가 떨어지면 연장자의 옛날이야기로 넘어갔다. 그들의 이야기는 젊은 사냥꾼들에게 훌륭한 교훈이 되었고 여러모로 유용했다.

시워츠가 '과묵한 사내'를 주제로 말문을 열었다. 과묵한 사내는 초창기 회사가 보낸 최초의 사냥꾼 중 하나로 연안에서 나이 든 사냥꾼만 그를 기억했다. 그는 시워츠와 바람의 오두막에서 지내는 동안 겨우내 말을 한마디도 안 할 정도로 이상했다.

"그런데 녀석이 으르렁거렸어." 시워츠가 설명했다. "밤에 자면서 기분 나쁜 소리로 꿀꿀거렸지. 자기 안에 틀어박힌 곰팡내 나는 자식이었어. 그래도 괜찮은 면은 있었어. 어떤 상황에서도 입을 꾹 다물고 있어서 다들 말을 못 하는 줄 알았지만."

시워츠는 옛 사냥 동료를 생각하며 고개를 끄덕였다.

"녀석과 같이 산 1년은 참 힘들었어." 그가 고백했다.

"이듬해 여름 톰슨곶에서 놈이 배에 오르는 걸 보고 마음이 놓일 정도였지."

시워츠는 고개를 들고 지금의 기지 동료인 작은 페데르센을 바라보았다.

"녀석이 입을 연 건 베슬 마리호를 타고 떠나려고 올슨의 선원들과 요트에 오른 때였어. 놈이 갑자기 일어서더니 해변에 줄지어 선 우리한테 주먹을 내보이며 이렇게 소리쳤지. '이 똥구멍 같은 패거리들아!'"

식탁 주변에 침묵이 감돌았다. 늙은 사냥꾼들은 과묵한 사내를 회상했고, 젊은 사냥꾼들은 묻고 싶은 게 있어도 감히 입을 열지 못했다. 그때였다. 비요르켄이 기회를 놓치지 않고 장광설을 펼치기 시작했다.

"과묵한 사내는 심리학적인 면에서 보면 참 재미있는 놈이야. 지금이야 소고기 통조림을 따듯 이렇게 쉽게 녀석에 대해 분석해 말할 수 있지만, 당시만 해도 그러기가 힘들었어. 그때는 인간의 본성에 관해 아는 게 별로 없었으니까. 한마디로 내공이 부족했던 거지. 그래도 녀석에게 비밀이 있다는 건 알았어."

비요르켄이 최대한 등을 곧게 펴고 고개를 뒤로 젖혔다. 그리고 천장에 대고 다시 말을 이었다.

"놈에게는 비밀이 하나 있었고, 모두 알다시피 비밀이란 언제나 비밀을 풀 열쇠를 동반해. 눈빛, 몸짓, 행동 같은 키워드로 비밀이 풀리지."

비요르켄은 허리를 굽히고 평상시처럼 자연스러운 자세를 취했다. 그러더니 입가에 교활한 미소를 지으며 식탁 위로 몸을 기울여 친구들의 얼굴을 차례로 훑어보았다.

"와, 비요르켄, 정말 놀라워요!" 라스릴이 탄성을 질렀다. "어떻게 그렇게 얘기를 잘해요? 감동했어요!"

비요르켄은 제자의 칭찬에 반박할 거리를 찾지 못했다.

반면, 낯짝은 안경을 벗고 여느 때처럼 트집을 잡았다.

"비요르켄, 허튼소리 그만해. 비밀은 비밀일 뿐이고, 아무에게도 비밀 따윈 없었어."

매스 매슨이 파이프 끝을 코에 문질러서 히스 뿌리 파이프에 기름을 먹였다. 그가 말했다.

"아무렴, 그렇고말고! 과묵한 사내는 비밀이 없었어. 녀석은 그냥 여기 있는 게 싫었고, 우릴 싫어했어. 그게 전부야."

비요르켄이 활짝 미소 지었다. 친구들이 그가 놓은 덫에 걸려든 까닭이었다. 요령만 좀 있으면 폭풍이 멎을 때까지 비밀을 주제로 긴 이야기를 늘어놓을 수 있을 듯싶었다. 최대 사흘까지도 장광설을 펼칠 수 있는 기회였다. 그가 즐거운 얼굴로 낯짝을 바라보았다.

"낯짝, 정말 그렇게 생각해? 하하, 매스 매슨, 네가 모르는 게 하나 있어." 그가 달콤한 목소리로 속삭였다.

"지골로 얘길 해볼까? 모두 기억하지?"

"이게 그 자식하고 무슨 상관이야?" 매스 매슨이 으르렁거렸다.

비요르켄의 다정한 목소리에는 뼈가 있었다.

낯짝이 자리에서 일어나 채울 석탄 양동이가 있는지 보러 갔다. 그는 비요르켄의 강의를 듣느니 차라리 폭풍 속으로 나가는 편이 낫다고 생각했다. 그런데 양동이가 가득 차 있어서 별수 없이 식탁으로 돌아와야 했다. 그가 자리에 앉으며 한숨을 내쉬었다.

"지골로가 누구예요?" 라스릴이 물었다.

"아!" 비요르켄이 대답했다. "지골로는 네가 세상에 태어났을 때쯤 여기 살던 젊은 사냥꾼이야."

"비요르켄, 지골로 얘길 더 해줄 수 있어요?"

"물론이지, 친구. 내가 녀석 얘기로 비밀의 개념을 명확히 밝혀볼게."

비요르켄은 또다시 친구들의 얼굴을 훑어보았다. 흥미를 보이는 사람은 라스릴뿐이었지만, 그는 즐겁게 양손을 비비며 이야기를 시작했다.

"그 묘하고도 역사적인 사건에 관해 자세한 설명을 하기 전에, 모두 허락한다면 자메이카산 럼주를 식탁에 올리면 어떨까 해. 분위기를 좀 띄워야 할 거 같거든. 오늘은 한센의 마흔 살 생일이니까."

비요르켄이 고갯짓으로 라스릴에게 신호를 보냈다. 청년은 그 즉시 밖으로 뛰어나가 비요르켄의 커다란 썰매 자루에서 럼주를 꺼내왔다. 술병 주둥이에서 마개가 조용히 빠져나오는 찰나, 이불 속에 누워 있던 밸프레드가 잠을 깼다. 그가 미안한 표정으로 중위를 보고 말했다.

"한센, 괜찮으면 나도 한 잔 가득 따라줘. 오늘이 네 생일인 건 알지만, 난 그냥 침대에 있는 게 낫겠어. 식탁에 남는 자리도 없으니까. 그렇지?"

한센은 4분의 1리터들이 법랑 잔에 럼주를 따라 밸프레드에게 건넸다.

"한센, 신의 가호가 있기를! 핌불에서 앞으로 40년 더 재미있게 살기를!"

밸프레드가 럼주를 맛보았다. 그리고 더없이 그윽한 눈으로 한센을 보며 남은 액체를 입안에 털어 넣었다. 목이 뜨끈해졌다. 그가 틀니를 놓아둔 선반에 잔을 내려놓고, 만족스럽다는 듯 입맛을 다시며 이불 위에 드러누웠다. 그러고는 붉고 커다란 두 손을 경건하게 배 위에 모았다.

비요르켄은 느긋하게 여유를 부렸다. 그사이 잔이 채워지고, 건배가 오가고, 중위의 생일을 축하하는 만세 삼창이 두 번 울렸다. 작은 페데르센이 축배를 들려고 헛기침을 했다. 그때 비요르켄이 끼어들었다.

"페데르센, 너 지골로 얘기를 귀담아듣는 게 좋을 거다. 녀석도 네가 처음 여기 왔을 때랑 비슷한 문제가 있었거든. 자잘한 얘긴 다 빼고 말할게. 밸프레드가 '맞아, 링스테드에 살 때 알고 지낸 녀석이 있는데'라고 말하면서 화제에서 벗어난 이야기를 꺼내거나 낮짝이 대화에 해로운 방해 공작을 펼 수도 있으니까. 그래서는 안 되지."

라스릴이 한 손가락을 들어 올렸다.

"방금 뭐라고 했어요? 해로운 뭐요?"

비요르켄이 부드러운 시선으로 제자를 바라보았다.

"해로운 방해 공작이라고 했어, 친구. 잔인한 행동이라는 뜻이야. 얘기가 한창 재미있어지는데 낯짝이 갑자기 석탄을 옮기거나, 지식의 장을 넓히는 대신 밖으로 사라져버리는 걸 말해."

"아, 그렇군요."

라스릴이 고개를 끄덕였다. 비요르켄이 다시 말을 이었다.

"지금부터 내가 할 이야기는 네가 태어나기도 전의 일일 거야. 엄마 치마 속에서 코나 찔찔 흘리며 스코네에 살던 조무래기 때거나. 어쨌든 회사도 젊고, 우리도 젊고, 여기 오는 사냥꾼들도 모두 젊던 시절이었어. 그때도 우린 지금처럼 톰슨곳에 모여서 보급품을 싣고 올 배를 기다렸지. 올슨 선장은 그때나 지금이나 싸구려 물품 따위나 하선하려고 피오르를 따라 길을 오를 인물이 아니거든. 그 바람에 선장이 찾은 지름길은 어느새 관례가 되어버렸고, 닐스 노인과 할보르는 남쪽에서 올라오느라 우리 중 가장 긴 여행을 해야 했지. 게스 그레이브의 헤르베르트도 늘 그로버만에 들러서 백작을 데려와야 했고. 백작이 그때도 지금처럼 배가 없었거든. 어디 그뿐인가? 시워츠는 밸프레드와 북쪽에서 내려와야 했고, 로이비크는 항상 늦게 왔어. 당시만 해도 로이비크의 배에 모터가 없어서 여행 시간이 길었지."

지난 시절을 추억하며 비요르켄이 감상에 젖어 미소 지었다.

"그 시절, 톰슨곶으로 오는 여행길은 지금보다 훨씬 아름다웠어. 풍경도 젊고, 우리도 그랬으니까. 봄도 지금보다 더 반짝거렸어. 그래서 기다림이 길었지. 정말 대단했어. 땅은 눈멧새의 즐거운 노래로 가득했고, 하늘에는 기러기 떼랑 오리 떼가 무리 지어 쉼 없이 날아다녔어. 산에서는 자고새가 수다를 떨었고, 셀 수도 없이 많은 사향소가 일광욕을 즐겼지."

천장에 매단 램프가 바람에 위태롭게 흔들렸다. 사내들은 참을성 있게 석유램프의 노르스름한 불빛을 지켜보았다. 깜박이던 불빛이 안정을 되찾고 나서야 비요르켄이 다시 입을 열었다.

"어느 해인가는 베슬 마리호가 일찍 도착했어. 무례하게 느껴질 만큼 일찍이었지. 우린 벤치에 앉아서 올슨 선장이 헤치고 올 얼음 얘길 했어. 여하튼, 그해에는 물길이 쉽게 열렸어. 예년보다 얼음이 상대적으로 얇게 언 덕분에 올슨은 전복 사고 한 번 없이 작은 배를 조종했고, 우리는 언제나처럼 질서정연하게 벤치에 앉아 배를 기다렸어. 빌리암은 구슬 무늬 넥타이에 흰색 아노락을 입고 있었는데, 약혼녀였던 과부 아만다 라반센과 톰슨곶에 살 때 잠깐 입던 철 지난 의상이었어. 그가 턱을 앞으로 내밀고 앉아 생각에 잠겨 있을 땐 꼭 명상 중인 원숭이 같았지."

비요르켄은 자기에게 따뜻한 미소를 보내는 빌리암을 향해 미소를 지어 보였다.

"빌리암, 내가 늘 말했잖아." 비요르켄이 말을 이었다. "네 안에는 선사시대의, 아주 오랜 뭔가가 들어 있다고. 선사시대 사람들도 너처럼 턱이 앞으로 돌출되어 있고, 머리카락이 검고, 눈썹에 숱이 많았거든. 다시 말하지만 넌 네안데르탈인의 훌륭한 표본이야. 물론, 이건 칭찬이고."

비요르켄의 칭찬에 빌리암은 얼굴이 붉어졌다. 비요르켄은 노르웨이인의 눈으로 백작을 응시했다.

"그때만 해도 백작은 배가 들어올 때 옷을 잘 차려입었어. 셀룰로이드로 만든 가짜 칼라에 잔뜩 멋 부린 재킷을 걸쳤고, 앞섶에 삼각형 천 조각을 댄 항해용 바지는 빳빳하게 주름이 잡혀 있었지. 나는 백작 옆에 앉아서 언제나처럼 정신을 바짝 차리고 매복 중이었는데, 그 때만 해도 쌍안경이 없어서 베슬 마리호의 갑판에 어떤 승객이 있는지 친구들에게 알려주지 못했어. 내 왼쪽 옆 자리는 비어 있었어. 로이비크의 자리였고, 그 옆에 있는 또 다른 빈자리는 닐스 노인의 자리였지. 매스 매슨은 빈 두 자리 옆에 앉아 있었어. 그는 안절부절못하며 앉 았다 일어섰다 했고, 이리저리 서성였어. 헤르베르트는 실눈을 뜨고 명상에 잠긴 표정으로 조용히 앉아 있었는 데, 배에는 특별한 관심이 없었어. 알다시피 그는 과거와 미래에 집착하지 않고, 늘 현재에 집중하니까. 현재만 사 는 녀석이라 아직 오지 않은 배에 관심을 가질 필요가 없었던 거지. 그 시절에는 헤르베르트가 쌍안경의 주인 이었는데, 그런 녀석한테 승객의 정보를 달라고 부탁하 긴 힘들었어. 헤르베르트가 벤치를 떠나 쌍안경을 눈에 대게 하려면 한숨을 꽤 많이 쉬어야 했고, 독촉도 해야 했거든. 설사 눈에 쌍안경을 가져다 댔다 해도, 대부분 은 무표정한 얼굴로 한참을 들여다보다가 별말 없이 접어 넣고 다시 자리에 앉기 일쑤였어."

"그래서 그게 뭐?" 매스 매슨이 투덜거렸다.

"그런데 그날, 헤르베르트가 이렇게 말한 거야. '올슨 선장과 부선장, 그리고 지골로'라고. 물론 그다음에는 입을 다물었어. 헤르베르트는 정보를 길게 전달하는 재능이 없으니까."

중위가 침대 위 밸프레드에게 한 차례 더 시원한 음료를 가져다주었다.

"여기서 지골로가 왜 나와?" 그가 물었다.

비요르켄이 고개를 끄덕였다.

"그 시절 백작도 그렇게 물었어. 헤르베르트는 매스 매슨에게 쌍안경을 건넸고, 매스 매슨은 둥근 렌즈 속 이미지를 실컷 포식한 뒤 잔뜩 흥분한 채로 벤치 앞을 서성였지. 그러고는 '맞아. 저 자식은 지골로야. 더도 덜도 아니고 딱 지골로'라고 중얼거렸지."

처음 듣는 외래어에 라스릴이 물었다.

"비요르켄, 지골로가 뭐예요?"

비요르켄이 호탕하게 웃었다.

"친구, 그건 젠장맞을 사내를 뜻해. 특별히 어떤 것에 각별한 애정을 쏟는 사내를 일컫지. 웬만한 준비 없이는 설명하기가 힘들어."

"아니에요. 비요르켄은 늘 준비되어 있잖아요!"

비요르켄의 얼굴에 또다시 미소가 감돌았다. 때 묻지 않은 청년의 눈은 알고자 하는 열망으로 가득했다.

"흠, 좋아. 라스릴, 지골로는 놈팡이랑 비슷한 말이야.

바람기가 있고, 방탕하고, 편집적으로 성에 집착하는 남자를 일컬어."

제자가 고개를 끄덕였다.

"저런, 굉장한 단어네요. 그런데 그런 사람이 정말 여기 왔었어요?"

"그럼 왔었지. 진정한 지골로라고 할 수 있는 놈이 톰슨곶에 발을 디뎠어. 수년 전의 일이야. 지골로는 엄청 힘든 녀석이었어."

밸프레드가 침대 속에서 끙 하고 신음하며 몸을 뒤척였다. 그리고 바닥에 떨어지지 않게 배를 침대 끝에 걸치고는 한쪽 팔로 머리를 괬다.

"나도 옛날에 그런 놈을 만난 적이 있어." 그가 말했다. "프랑스인이었는데, 나무 밑창을 댄 구두를 끌고 유럽 전역을 횡단한 호색한이었지. 전쟁 때 이발사와 지게꾼으로 일한 경험이 있어서 푸주한 수습생으로 고용된 놈이었어. 그런데 우리의 이 지골로는 꼬락서니가 정말 웃겼어. 나이가 서른한 살이었는데, 주머니에 티르모엘*을 넣고 다니고, 머리에는 포마드 기름을 바르고 다녔

---

* 동물의 골수를 파낼 때 사용하는 은으로 만든 도구.

어. 게다가 발에는 편물로 짠 뾰족한 신발을 신었어."

"염병, 설마 프랑스 남자가 전부 지골로라는 말은 아니겠지?" 비요르켄이 자기 말을 가로챈 밸프레드에게 화가 나 물었다.

"저런, 그런 뜻으로 한 말은 아니야. 신에게 맹세할 수 있어." 밸프레드가 대답했다. "내가 아는 프랑스인은 딱 한 사람뿐인걸. 그런데 그 사람이 하필이면 호색한이었던 거고. 다른 프랑스인에 대해서는 나도 몰라. 하지만 놈은 이 세상에 둘도 없는 지골로였어. 여자와 미래 따위는 약속하지 않는 놈이었으니까. 그는 생긴 대로 잘 웃고, 자기 자랑을 많이 했어. 그리고 고성능 흡입기처럼 여자들을 수없이 홀리고 다녔어. 헤, 헤, 정말이야. 별의별 짓을 다 했어. 내가 늘 말했잖아? 여자들과 교류가 적을수록 골치 아픈 일도 적어진다고. 그런데 그 프랑스 놈은 그걸 몰랐어. 그래서 결국은 사달이 나고 말았지."

"밸프레드, 진짜야?" 작은 페데르센이 물었다. 그는 프랑스인의 문제에 관해서라면 누구보다도 잘 알았다.

"응, 잠깐이긴 했지만, 녀석이 로스킬레* 아가씨와 약혼했거든. 도살장 인부들은 그 아가씨를 '아름다운 밤의 제이다'라고 불렀는데, 제이다는 말갈기로 된 소파처럼 푹신한 모포를 두른 키가 크고 화려한 여자였어. 도살장에서 일하는 사람들은 전부 이 둘의 약혼이 오래가지 못하리라 생각했어. 어쨌거나 시간은 흘렀고, 그사이 제이다는 로스킬레의 사내는 물론, 링스테드**의 사내 절반과 약혼한 여자처럼 보였어. 얼마 후에는 프랑스 남자를 슬라겔세***의 마필 매매상과 진짜로 맞바꾸기까지 했지. 이제 겨우 제이다에게 익숙해졌는데, 외국인에게는 끔찍한 악몽이었을 거야. 하지만 제이다는 화려했고, 외모처럼 내면도 화려했어. 온 세상 남자를 다 품을 수 있을 만큼 마음이 넓었지. 프랑스 남자는 며칠 동안 기분이 바닥을 친 채로 길가에 널어둔 저민 소고기 조각 사이에서 소태 같은 눈물을 쏟았어. 보다 못한 팀장이 남자를 고기 다지는 곳에 배치했는데, 절대 그러지 말아야 했어. 프랑스인이 영 갈피를 못 잡았거든. 일을 시작한 첫날부터 부주의하게 자기 손을 믹서 안에 넣고 돌릴 정도였어. 기계를 멈췄을 때는 한쪽 팔이 이미 다 갈린 다

———

*   덴마크 셸란섬에 있는 도시.

**   덴마크 동부, 셸란섬 중앙에 있는 도시.

*** 덴마크 셸란섬 서부의 도시.

음이었지."

"빌어먹을." 헤르베르트가 몸을 떨었다. "그게 다 여자 때문이야!"

밸프레드는 고개를 끄덕이고 바짝 말라붙은 잇몸을 세심하게 핥았다. 중위가 잔을 건네자, 그가 시원하게 목을 축인 뒤 다시 말을 이었다.

"헤르베르트 말이 맞아. 비극이었지. 반면, 푸주한은 잃은 게 없었어. 파르스*가 루데의 돼지고기 가공업자에게 팔렸거든. 진짜 프랑스 파르스라고 광고를 해서 몇 시간 만에 완판되었지. 많은 고객이 재주문했어. 고기만두가 어찌나 인기가 좋은지 모두 깜짝 놀랐어. 하지만 진짜 파르스는 더 이상 없었어. 프랑스인이 떠나버렸으니까."

밸프레드가 슬픈 이야기를 마치자 비요르켄이 침묵을 틈타 자기 이야기를 하기 시작했다.

"맞아, 늘 여자 때문에 문제가 생겨." 그가 말했다. "그건 그렇고, 이제 우리의 지골로 이야기로 돌아와볼까? 우리는 올슨이 어떻게 해변에 진입하는지 주시하며

---

* 고기, 야채 따위를 다져 속을 넣은 요리.

벤치에 앉아 있었어. 올슨은 닻을 던지고, 낡은 돛배 후미를 묶은 뒤, 요트를 타고 육지로 향했어. 그때나 지금이나 올슨은 얼음을 믿는 사람이 아니라서 잊지 않고 망보는 선원을 한 명 배 위에 배치했어. 얼음이 수평선 멀리 있었지만, 언제든 배의 동판을 갉아먹을 수 있었거든. 그리고 마침내 올슨이 문제의 지골로를 대동하고 육지에 발을 디뎠어. 지골로는 깡마른 몸에 키가 작고, 인중이 굉장히 좁은 사내였어. 암소가 싹싹 핥고 지나간 듯 기름진 머리카락에서는 반짝반짝 윤이 났고, 커다란 갈색 눈동자는 반쯤 감긴 눈에 늘 가려져 있었지."

"올슨은 서쪽 빙하에서의 항해가 순조로워서 기분이 상당히 좋았어. 집 박공널에 산더미처럼 쌓인 여우 가죽들을 보고 기뻐서 양손을 비볐지.

그가 감탄하며 말했어. '오, 아름다워! 품질도 끝내주는 가죽들이야! 겨우내 지루할 틈이 없었겠는걸!'

그때 시워츠가 대답했어. '이게 다가 아니야.' 닐스와 로이비크가 아직 도착하기 전이었거든.

올슨은 자기 뒤에 서서 수줍게 땅을 발로 문지르는 지골로를 가리켰어. 그는 눈이 반쯤 감겨 있어서 꼭 선 채로 잠든 사람 같았지.

올슨이 말했어. '새로 온 동료야. 회사 대표가 이 친구를 엘리자베스곳 오두막에 묵게 하고, 매스 매슨에게 일을 가르치라고 했어. 물론 모두에게 안부를 전해달라는 말도 잊지 않았지.'

지골로는 반쯤 감긴 눈꺼풀을 말아 올리고 한 사람 한 사람 돌아가며 악수했어. 그때 매스 매슨은 지골로의 어깨를 다정하게 토닥이며 녀석의 얼굴에 담배 연기를 내뿜었어. 매스 매슨은 늘 새로 오는 이들에게 그런 식의 친절을 베풀잖아. 지골로가 기침을 하자 매스 매슨이 새로 온 친구를 격려하며 말했어.

'엘리자베스곳은 아름다운 요새야. 풍경도 아름답고, 오리도 많은 매우 풍요로운 곳이지. 그런데 개는 데리고 왔나?' 매스 매슨이 묻자 지골로는 올슨을 바라보았고, 올슨은 고개를 끄덕이며 말했어. '개라면 이 친구에게도 두 마리 있어. 곧 나한테서 살 개들이지. 물론 아직 가격 협상을 마친 건 아니지만.'

그러자 매스 매슨이 올슨을 매서운 눈으로 노려보며 물었어. '올슨, 개를 훔쳤어?'

선장은 어리둥절한 표정을 지었어. '맙소사! 매스 매슨, 그걸 말이라고 해? 설마 내가 개를 훔쳤다고 생각하는 거야? 개는 올레순*에서 자진해 뱃전으로 뛰어들었어. 작지만 그린란드로 와서 썰매견이 되려고 안달이 난 놈들이었단 말이야. 너도 알다시피 나는 짐승이든 사람이든 타인의 부탁에 거절 못 하는 멍청이고. 어쨌든 항해하는 동안 개들을 먹이고 돌봐준 값은 치러야 해!'

그 시절에는 개를 구하기가 어려워서 매스 매슨은 고개를 끄덕일 수밖에 없었어. 그리고 이렇게 말했지. '새로 온 동료에게 우리 개 중 두 마리를 줄 수 있어. 거기에 두 마리를 더하면 모두 네 마리가 되니까 그걸로 충분해.' 그러고는 지골로의 어깨를 토닥이며 말했어. '아름다운 요새에 멋진 개 두 마리라니, 젠장, 너 이제 왕자처럼 살겠구나!'

지골로는 기쁘게 웃었어. 그런데 웃는 모습이 너무 예뻤지. 녀석은 얼굴 전체로 웃는 사람이었어. 그가 말했어. '모두 감사해요. 이제 여자들이 어디 있는지 알려주세요.' 녀석은 목소리도 상당히 깊고 달콤했어. 여자들 귀에 기름칠하는 그런 목소리였다고나 할까? 어쨌거나 우리에게는 그렇게 들렸어.

'여자들?' 매스 매슨이 놀란 눈으로 녀석을 쳐다봤어. 하지만 곧 상황을 눈치채고 허벅지를 치며 웃음을

---

* 노르웨이 중서부의 항구도시.

터뜨렸지. '하하하! 이 친구가 농담을 정말 잘하네. 하하, 여자들이 어디 있는지 알려달라니!' 그 말에 우리 모두 웃음을 터뜨렸어."

비요르켄은 이 지점에서 모두의 잔이 다시 채워질 때까지 잠시 쉬는 시간을 가졌다. 밸프레드가 처음으로 손수 자기 잔을 채웠다. 비요르켄이 밸프레드가 잔을 비우기도 전에 말을 이었다.

"올슨이 한 해 수확한 가죽을 싣고 떠나자마자 우리는 지골로의 거처를 결정하기 위해 회의를 소집했어. 결국 녀석은 매스 매슨과 검은 머리 빌리암의 집에서 첫얼음이 얼 때까지 머물기로 했어. 같이 좀 있다가 매스 매슨과 빌리암이 지골로를 데리고 엘리자베스곳으로 갈 생각이었지."

비요르켄은 이마에 주름을 잡고 매스 매슨을 바라보았다.

"매스 매슨, 지골로에 관한 다음 얘긴 네게 맡길게. 할 수 있지?"

매스 매슨이 어깨를 으쓱했다.

"그러려면 식탁 위에 술병이 하나 더 올라와야 할걸." 그가 말했다. "목소리가 작아져서 얘기가 중단되지 않으려면 술이 더 필요해."

이윽고 블랙 라벨이 붙은 톰슨곳의 술이 식탁에 올랐다. 색과 맛이 위스키를 떠올리게 하는 독한 화주였다.

　"배가 떠나자마자 지골로는 기분이 몹시 안 좋았지만, 빌리암과 나는 심각하게 생각하지 않았어. 오자마자 다들 그러니까. 여기 온 젊은이들은 배의 고물이 얼음 사이로 사라지자마자 세상의 종말을 맛보잖아. 여긴 사는 모습이 아랫동네와 완전히 다르고, 세상과 완전히 차단되어 있으니까. 그런 순간에는 갑자기 산이 두 배는 더 커 보이고, 피오르의 물도 시커먼 악마로 변하지. 동료들은 무뢰한에다 잔혹한 산적 떼처럼 보이고.

　어쨌든 빌리암과 나는 그 친구를 기분 좋게 해주려 노력했어. 하지만 녀석은 꼭 안 좋은 기분을 되새김질하는 사람 같았어. 그런 녀석을 보고 빌리암은 약혼에 대한 기대가 무너져서라고 했어. 일리 있는 말이었지. 그런 종류의 좌절감은 인간을 묘하게 침전시키니까. 녀석이 그렇게 우울해했던 이유가 밝혀진 건 엘리자베스곳으로 떠나기 전날 저녁이었어. 우리는 밸프레드의 월귤주를 몇 병 꺼내 지골로의 송별회를 마련했고, 모든 게 명랑한 분위기 속에서 시작되었어. 그런데 녀석이 갑자기 코를 훌쩍이더니 눈코입이 금세 눈물범벅이 되고 말았어.

　우리는 그 친구에게서 얼른 잔을 빼앗고 다정하게 말

했어. 술이 눈물 콧물에 희석되면 안 되잖아, 안 그래? 그 것보다 더 심각한 일은 없어. 어쨌든, 녀석이 흐느끼며 속삭였어.

'여자.' 그것으로 모든 진실이 밝혀졌고, 이어 녀석이 말했어. '여기 여자가 진짜 없어요? 한 명도요? 나는 여자가 많은 줄 알았어요. 아랫동네 사람들이 그랬거든요. 그린란드 여자만큼 싹싹하고 피가 뜨거운 여자도 없다고요. 그런 여자들이 밤마다 창문을 넘어 남자가 자는 방에 들어온다고요. 배가 도착하면 해변으로 몰려와 꼬리를 친다고도 했어요. 그래서 내가 여기 온 거예요.' 그러고는 얼마나 서럽게 우는지, 그다음에 무슨 소릴 하는지 하나도 알아들을 수가 없었어."

매스 매슨이 블랙 라벨이 붙은 술을 마음껏 맛보았다.

"이 부분에서는 내 요약이 좀 필요할 것 같아. 지골로는 울고불고 난리였어. 소리 지르고, 신음하고, 한탄하더니 계속해서 코를 훌쩍이고 입에 거품까지 물었어. 정말 가관이었지. 그래도 이해할 수 있었어. 좀 이따 말하겠지만, 충분히 있을 수 있는 일이었으니까."

매스 매슨은 파이프에 불을 붙이고 연기 뒤로 몸을 숨겼다. 스모그가 사라졌을 때는 그가 이미 식탁의 반대편으로 자리를 옮긴 뒤였다. 그가 말했다.

"젠장, 그런 상황에서 무슨 말을 할 수 있겠어? 그 작자는 그린란드의 엽서를 보고 착각한 거였어. 내가 말했지. '이런, 그랬구나! 친구, 정말 재수가 없었네. 나는 북위 71도의 북극에는 치마를 두른 인간이 하나도 없다는 걸 이미 알고 왔거든. 좀 멀긴 하지만 그래도 서부 해안에는 여자가 많아. 빌리암이 자세히 설명해줄 거야. 빌리암은 탐험 삼아 서부 해안을 여행한 적이 있어.'

그러자 지골로가 갈색 눈을 커다랗게 뜨고 우리를 쳐다봤어. 눈을 가리는 커튼을 좀 말아 올리니까 꼭 작은 사냥개 같더군. 녀석은 한동안 도착할 때 들고 온, 손에 든 작은 자루에서 눈길을 떼지 않았어. 자루는 뭔가 불가사의해 보였는데, 작고 깨끗했고, 밤색이었어. 자물쇠도 달려 있었는데, 열쇠는 줄에 매달려서 지골로의 목에 걸려 있었지. 이상한 점이 한두 개가 아니었지만, 우리는 안에 뭐가 들었냐고 묻지 않았어. 우리가 상관할 바가 아니었으니까. 그래도 굉장히 궁금하긴 했어. 녀석이 여기 온 이래로 한 번도 자루를 연 적이 없었거든. 빌리암은 안에 연애편지가 들었다고 했고, 나는 녀석이 가끔 부자처럼 보이길래 은행 출입금 명세서가 들었다고 생각했어.

여하튼, 녀석이 울음을 그치고 한결 부드러운 어조로

말했어. '매스 매슨, 농담이지요? 나는 여자 없인 못 살아요. 여자는 내게 숨을 쉬는 것과 같아요.'

그래서 내가 말했지. '그래? 거참 재미있네. 처음 듣는 소리야. 그러니까 네게는 여자가 생리적 욕구와 같다는 거지?'

지골로는 한숨을 내쉬었어. 그리고 '이건 내면 깊은 곳에서 나오는 거예요. 그래서 나도 어쩔 수 없어요'라고 속삭였어."

매스 매슨이 미소 띤 얼굴로 빌리암을 쳐다보았다. 빌리암도 그에게 미소를 지어 보였다.

"그런 종류의 욕구는 빌리암이 잘 알지. 빌리암은 4월 말에 날씨가 따뜻해지자마자 다리 사이 문제를 해결하러 남쪽 곳에 가니까."

매스 매슨이 말했다.

"그래서 내가 지골로에게 말했어. '그러면 이렇게 해. 빌리암이 약혼녀를 만나러 갈 때 녀석을 따라 남쪽 곳에 가. 거기 가면 마음에 드는 여자를 금방 찾을 수 있어. 어때? 그럼 이제 됐지?' 내 말에 녀석은 좋은 생각이라며 활짝 웃었어. 얼마나 따뜻하게 웃던지, 보는 내가 다 감동해서 목이 잠길 지경이었고 지골로는 희망에 들떠 떨리는 목소리로 이렇게 물었어. '거기 가면 정말 여자가

많아요? 남쪽 곶 말이에요. 거기가 어디예요?'

녀석의 질문에 빌리암이 지난해에 만난 비교적 젊은 여자 넷에 관해 설명했어. 그리고 날씨가 좋을 때는 남쪽 곶까지 가는 데 정확히 3주가 걸린다고 말했어. 그러자 녀석은 굉장히 기뻐했어. 그리고 밤색 자루를 움켜잡고 손가락으로 자물쇠를 쓰다듬으며 소리쳤어. '빌리암, 언제 떠나요? 나는 지금 당장이라도 갈 수 있어요.'

물론 그런 일은 일어나지 않았어. 겨울에 남쪽 곶에 갈 만큼 정신 나간 놈은 세상에 없으니까. 그래서 난 그 친구에게 차근차근 설명했어. '친구, 봄까지 기다려야 해. 하늘에 태양이 다시 불타기 시작할 때까지. 그때가 돼도 피오르에는 아직 얼음이 남아 있겠지만, 봄이 되면 갈 수 있어.'

순간 지골로의 얼굴을 환하게 밝히던 빛이 사그라들었어. 머릿속으로 계산을 마친 뒤에 녀석이 힘없이 말했지.

'매스 매슨, 일곱 달이나 기다려야 한다고요? 내가 그때까지 살아 있을지 모르겠어요.'"

매스 매슨이 목을 헹구고 비요르켄을 향해 고개를 끄덕이자 비요르켄이 이야기를 이어받았다.

"그리고 우린 10월 말에 지골로를 엘리자베스곶에 데

려다줬어. 톰슨곳에서는 사냥꾼의 기초 지식을 가르쳐
줬고. 말하자면 어떻게 덫을 놓고, 가죽을 벗기고, 개들
을 썰매에 연결하고 모는지, 그런 거. 녀석은 노력했고,
어렵지 않게 배웠어. 어떤 때는 여자에 관한 생리적 욕구
를 완전히 잊은 사람처럼 보였어. 여하튼 훈련을 마친
풋내기 사냥꾼은 그간 배운 사냥꾼의 기초 지식을 되뇌
며 개 네 마리를 데리고 육지로 떠났어. 매스 매슨이 준
개들은 단련된 개들이었어. 하지만 올슨 선장이 판 두
마리는 시원찮았지. 한 마리는 털이 억센, 다리가 짧고
추위를 잘 타는 사냥개였고, 한 마리는 착하고 상냥한
어린 복서였는데 둘 다 썰매를 끌기엔 부적합했어.

어쨌든 지골로는 긴 겨울을 힘겹게 보냈어. 우리가 신
선한 공기에 닳고 닳은 것처럼, 녀석은 여자에 닳고 닳
은 사람이었거든. 녀석의 내면은 고통으로 죽을 지경이
었어. 그렇게 한 밤이 가고 또 한 밤이 지나갔어. 낮이 가
고 밤이 가고, 또다시 많은 낮과 밤이 지나갔지. 녀석은
그동안 침대에 누워 고미다락 방을 쳐다보며 지독한 고
독과 싸웠고, 외로움이 천천히 내면으로 파고들었어. 얼
마나 외로우면 침대에 누워서 우리가 나오는 달콤한 꿈
을 다 꿨다고 했어. 몇 년 뒤, 엘 데도 델 디아블로가 수
미터에 달하는 기다란 친구에게 잡아먹혀 영면에 든 바

로 그 침대에서. 생리적 욕구가 인간을 죽음에 이르게 하는 다른 어떤 욕구보다 커지자, 녀석은 절망했어. 아, 그때 녀석이 느낀 절망감이 얼마나 큰 것이었는지는 모두 다 알 거야. 그러던 어느 아침이었어. 지골로가 추운 오두막 안에서 잠을 깼어. 화덕의 불은 꺼졌고, 커다란 나무통 속 물도 꽁꽁 얼어붙어 있었어. 수염에는 고드름이 매달렸고, 성기는 작게 오그라들어 있었지. 얼마나 작은지 오줌을 눌 때마다 어디에 있는지 매번 찾아야 할 정도였어. 제일 끔찍한 건 녀석의 시선이 밤색 작은 자루 위로 떨어졌을 때였어. 그 순간, 지골로는 온몸으로 눈물을 쏟아내며 심장이 부서져라 울었어. 사향소 가죽 침낭 속에서 녀석은 그렇게 절망감을 모두 비워냈어.

크리스마스가 지나자, 지골로는 완전히 제정신이 아니었어. 복서에 몸이 달기 시작한 거야. 우리끼리 말이지만 그 개는 몸매가 좋았거든. 녀석은 내면 깊은 곳에서 저항하기 힘든 뭔가를 느끼고 극심한 공황 상태에 빠졌어. 그리고 그 즉시 개들을 썰매에 묶고 우리를 만나러 비요르켄보르로 내려왔어."

비요르켄은 잠시 벽난로 속에서 울부짖는 폭풍 소리에 귀를 기울였다. 식탁 위에 놓인 술잔과 술병이 달그락거리며 맑고 경쾌한 소리를 냈다. 그는 의자 뒤로 몸을 젖히고, 수년 전 무슨 일이 있었는지 기억하려 눈을 감았다.

"지골로를 보고 그때 난 굉장히 당황했어. 몹시 흥분되기도 했지. 당혹감은 그렇게 끔찍하게 고통으로 얼룩진 얼굴을 보는 게 처음이어서였고, 흥분은 다년간 연구해 얻은 심리학 지식을 실전에 적용해 완성할 기회가 왔기 때문이어서. 북극의 현기증에 관한 한, 현생 인류 중 우리만큼 진보된 사람도 없잖아. 우리는 지골로의 개들을 보살피고 녀석을 식탁에 앉혔고, 낮짝이 녀석에게 으깬 완두콩 수프와 럼주를 넣은 팬케이크를 대접했어. 나는 귀를 모아 녀석의 말을 경청했지. 지골로의 이야기가 끝나고 내가 말했어. '친구, 그러니까 네 말은, 동물과 비정상적 성애를 하고 싶은 생각까지 들었다는 거지?'

지골로는 부끄러운 듯 고개를 숙이고 식탁에 얹힌 쟁반을 응시했어. 그러고는 '그런 것 같아'라고 다 죽어 가는 목소리로 대답했어."

라스릴이 비요르켄의 말을 가로막았다.

"비요르켄, 동물과 뭘 한다고요? 여자 얘기예요?"

"응, 맞아." 비요르켄이 곧바로 대답했다. "여기서 비정상적 성애란 동물과 성적 탈선을 하는 걸 말해. 그런 종류의 욕구를 지닌 이들을 동물 성애자라고 부르고."

"아, 그렇군요."

라스릴이 고개를 끄덕였다.

"닐스 노인이랑 돼지와 비슷한 거네요. 돈 스벤슨이랑 보아뱀과도 같고요. 그렇지요?"

비요르켄은 기지 동료의 말을 못 들은 척했다.

"우리에게 온 손님과 대화를 나누며, 나는 마음이 한없이 부드러워졌어. 이해가 갔으니까. 우리가 할 일은 녀석을 먼저 안심시키는 거였어. 지골로의 경우는 낯짝조차도 굉장히 흥미로워했어. 살아 있는 동물 성애자를 본 게 처음이라며 안경을 집어다 쓰기까지 했거든. 나는 길 잃은 어린 양에게 그와 같은 운명을 산 이들이 많았다고 설명했어. 유명한 레다와 백조 이야기를 비롯해 적잖은 에스키모가 백곰에서부터 물벼룩에 이르기까지 다양한 동물을 두고 성적 욕망을 채우기 위해 고군분투했다고 말해줬지. 그러자 녀석은 자기가 아주 이상한 건 아니고, 비상식적 충동에 고통받는 이가 혼자만은 아니라는 사실을 천천히 이해하기 시작했어."

라스릴이 손가락 하나를 들어 올리며 또다시 비요르켄의 말을 가로막았다. 그러고는 비요르켄이 무슨 일이냐고 문자, 밸프레드가 이야기를 시작할 때마다 애용하는 도입부를 열심히 모방하기 시작했다.

"나도 예전에 그런 동물 성애자를 만난 적이 있어요. 어, 그러니까 그 사람은 릴레뢰드의 도로 인부였어요. 한 번은 그가 알레뢰드 출신 여자와 들판에 누워 있는데, 소들이 보였어요. 때는 봄이었고, 모두 알다시피 황소 한 마리가 암소 위로 덤벼들었어요. 그때 남자가 여자에게 물었어요. '아가씨, 나도 저렇게 해도 될까?' 그러자 여자가 뿌루퉁한 얼굴로 말했어요. '그게 나랑 무슨 상관이죠? 암소와 뭘 하든 맘대로 하세요.'"

라스릴이 배꼽을 잡고 웃자 비요르켄은 라스릴의 이름을 걸고 식탁에 둘러앉은 이들에게 눈짓으로 진심 어린 사과를 했다. 그때였다. 작은 페데르센이 뒤늦게 웃음을 터뜨렸다. 그는 라스릴이 한 우스갯소리를 모르는 유일한 사람이었다. 참으로 용서하기 힘든 방해였기에 비요르켄은 빌리암을 차갑게 쏘아보았다. 하지만 소용없었다. 비요르켄은 잠시 불편한 침묵이 오간 뒤에야 비요르켄이 다시 말을 이을 수 있었다.

"난 그 친구를 곁에 두고 몇 달 치료하면 상태가 호전될 걸로 생각했어. 그래서 녀석에게 가끔 비요르켄보르에 놀러 오라고 말했어. 낮에 같이 사냥하고, 저녁에 장시간 서로 내밀한 대화를 나누다 보면 차차 올바른 길로 인도될 거라고 믿었지. 지골로는 내 제안에 순순히 응했어. 녀석도 낫고 싶었으니까.

그 겨울, 우리는 많은 방문객을 맞았어. 우리가 하숙생을 한 명 뒀다는 소식이 빠르게 연안에 퍼졌거든. 많은 이가 멀리서 지골로의 안부를 물으러 달려왔어. 알다시피, 여기서 성도착증에 걸린 사람은 발이 셋 달린 기린처럼 굉장히 보기 드무니까."

비요르켄은 식탁 위로 몸을 기울이고 기다랗게 마른 양손을 마주 잡았다. 그리고 천천히 고개를 끄덕였다.

"지금은 인정할 수 있어. 지골로의 경우가 머리 아픈 진짜 중국 퍼즐이었다는 걸. 1월부터 5월까지 나는 녀석의 경우를 연구했어. 북극의 현기증에 관한 나의 전 지식과 경험을 적용했지. 그런데 어떤 방법도 제대로 먹히지 않았어. 5월 중순에 이르러서야 나는 내가 실패했다는 걸 알았어. 헤르베르트가 만일을 대비해 게스 그레이브로 복서를 데려간 뒤, 지골로는 매일 주방에 있는 긴 의자에 앉아 무릎 위에 그 미스터리한 작은 자루를 올려놓고 눈물을 흘렸어. 개를 데리고 갈 때는 문 앞까지 따라 나와 막기까지 했어. 결국, 내가 내린 결론은 환자를 남쪽 곳에 데려가야 한다는 거였어. 낮짝이 위급한 상황에서 재치 있게 제시한 방법이었지.

그런 여행을 하기에 시기적으로 조금 늦긴 했지만, 남

쪽 곳에 가기 전에는 지골로의 건강이 좋아질 리 없었어. 그래서 우린 최대한 빨리 길을 떠났어. 그렇게 습하고 위험한 얼음 위에서의 야영이 시작되었지."

비요르켄이 미소 지으며 천천히 고개를 흔들었다. 모두는 그 모습을 보고 그가 겪었을 수많은 위험과 투쟁의 과정을 상상했다.

"우리는 별 탈 없이 위메르섬 위도에 이르렀어. 그리고 그곳에서 오스카 왕의 피오르로 가기 전에 식량을 좀 더 모으기로 하고 소 한 마리를 죽였어. 원정대는 썰매 두 대로 구성되었어. 낯짝은 첫 번째 썰매에 짐 가방 대부분을 들고 올라탔고, 나는 지골로와 침낭, 그리고 그때까지 단 한 번도 환자의 손을 떠난 적 없는 불가사의한 작은 자루와 같이 다른 썰매에 올랐어. 가면서 몇 차례 얼음이 녹은 물에 빠져 궁지에 몰리긴 했지만 상대적으로 볼 때 모든 일이 원활히 진행되었고, 그렇게 우린 세겔의 사회 피오르까지 갔어. 그런데 거기서 빠른 물살과 마주친 거야. 주변의 산들은 오르기엔 너무 높았고, 결국 방대한 피오르 한가운데 발이 묶이고 말았지. 앞에는 100여 미터 깊이의 물살이 가로막고 있고, 썰매 위에는 정신 나간 환자 한 명이 타고 있는, 정말 지랄 같은 상황이었어."

"끔찍하다. 진짜 더러운 상황이었네!" 작은 페데르센이 중얼거렸다.

비요르켄이 누런 앞니 사이로 공기를 들이마셨다. 그러고는 라스릴을 바라보며 말을 이었다.

"페데르센, 맞아. 네 말대로 한 치 앞을 알 수 없는 더없이 불확실한 상황이었어. 위험했고, 심각했고, 걱정스러웠으니까. 생각해봐. 그런 상황에서 우리가 뭘 할 수 있었을까?"

비요르켄이 주변을 둘러보며 질문을 던졌다.

"차를 끓였어?" 빌리암이 추측했다.

"정확해. 우리는 차를 끓였어. 나는 4분의 1리터들이의 따뜻한 잔을 두 손으로 잡고, 현재 처한 상황과 위기를 극복할 방법을 모색했어."

비요르켄이 낯짝 쪽으로 고개를 끄덕였다.

"그런데 그때, 여기 이 친구가 별안간 꽤 쓸모 있는 해결책을 떠올렸어. 낯짝은 그때 썰매 위에 앉아 안경 끝에 매달린 고무줄을 잡아당기고 있었는데 아마 그러다가 고무 생각이 난 걸 거야. 여하튼 그가 이렇게 중얼거렸어. '우리한테 풍선이 있으면 얼마나 좋을까? 그러니까 아주아주 커다란 풍선. 썰매를 풍선에 묶으면 물 위를 떠갈 수 있잖아.'"

비요르켄이 미소 지었다.

"물론 순전히 바보 같은 생각이었어. 썰매를 타고 가는 여행에 누가 커다란 풍선 따위를 가져갔겠어, 안 그래? 하지만 낯짝의 그 말이 지골로의 뇌를 맑아지게 했어. 녀석이 활기를 되찾고 꿈꾸듯 중얼거렸지.

'풍선이라고? 낯짝, 방금 풍선이라고 했어요?'

낯짝이 대답했다. '그래, 거대한 풍선. 그러면 물 위를 떠다닐 수 있어.'

그때였어. 지골로가 눈꺼풀을 말아 올리고 신경질적으로 웃기 시작했어. 그러자 숨겨져 있던 눈 전체가 보였어. 모두 현기증에 걸린 사람들이 어떻게 웃는지 알지? 여하튼 놈은 웃으며 아이슬란드 스웨터 속을 뒤적였고, 나는 최악의 상황에 대비했어. 하지만 녀석이 한 짓은 고작 자루 열쇠를 꺼내는 게 전부였어. 그러고는 떨리는 손으로 자물통 속에 열쇠를 집어넣고 철컥하고 돌려서 자루를 열었지."

"그렇게 비밀이 밝혀진 거로군." 작은 페데르센이 속삭였다.

"맞아. 낯짝과 나는 누가 먼저랄 것도 없이 호기심에 휩싸여 자루 위로 몸을 기울였어."

비요르켄은 잔을 들고 천천히 안에 든 음료를 마셨

다. 그러고는 꼼꼼하게 입술을 닦고 신중하게 트림을 하더니 분위기가 폭발하기 직전까지 식탁의 나무판자를 조용히 응시했다. 잠시 후, 마침내 그가 천천히 입을 열었다.

"이미 말했듯, 지골로는 이곳에 없는 뭔가에 지대한 기대를 품고 온 음탕한 사내였어. 실수로 부적절한 해안에 내리기는 했지만. 낯짝과 난 자루 안에 든 내용물을 보고 녀석이 절대로 이곳에 오지 말았어야 한다는 걸 알았지. 자루 안에는 400개의 작은 상자가 매장되어 있었어. 각각의 상자 안에는 어떤 시련도 이겨낼 튼튼한 고무주머니가 들어 있었어."

"설마, 콘돔이 400개나 있었다는 거야?"

믿기지 않는다는 듯 중위가 비요르켄을 보고 물었다.

"그걸 1년 안에 쓰려면, 적어도 하루에 한 개 이상은 사용해야 해!"

비요르켄이 심각한 표정으로 고개를 끄덕였다.

"이 지역에 여자가 한 명도 없다는 걸 알았을 때 지골로가 느꼈을 당혹감이 어떤 거였는지 이제 모두 알겠지?"

"비요르켄, 그래서 그다음에는 어떻게 되었어요?"

라스릴의 시선이 비요르켄의 가느다란 입술에 들러붙었다.

"뭐, 그래서 우리는 콘돔을 불기 시작했어. 400개나. 미쳐 자빠질 노릇이었지! 콘돔 끝을 낚싯줄로 묶어 공기가 새지 않게 하고, 낮짝의 썰매를 400개의 작은 부유물에 묶기 시작했어."

"그래서 물 위에 떴어?"

한센 중위가 물었다.

"떴냐고?"

비요르켄이 활짝 웃었다.

"그럼, 물론이야. 썰매 날의 반만 겨우 물에 잠길 정도였으니까. 우리는 개들을 썰매 위에 올리고 썰매를 물속에 밀어 넣었어. 그리고 즐거운 남쪽 곳을 향해 조용히 앞으로 나아갔어."

"그런데 아까 썰매가 두 대라고 했잖아, 아니야?"

중위가 비요르켄의 말을 수상쩍게 여기며 반증을 제시했다.

"정확한 지적이야."

비요르켄이 두 손을 포개고 충실히 증언에 임했다.

"당연히 우린 낮짝의 썰매 위에 내 썰매를 포갰어. 그렇게 해서 내 썰매에는 물 한 방울도 묻히지 않을 수 있었지."

비요르켄이 두 팔을 넉넉하게 펼쳐 보였다.

"자, 이제 모두 내가 언제나 옳다는 걸 알았을 거야. 지골로의 비밀이 난관에서 우리를 빠져나오게 해준 착하고 훌륭한, 그러니까 일종의 생명의 은인이 되었다는 것도!"

모두는 비요르켄이 비밀을 주제로 더 많은 이야기를 할 수 있다는 사실을 알았다. 하지만 누구도 그 주제를 두고 더 말할 마음이 없었다.

"그래서 지골로는 어떻게 되었어?" 작은 페데르센이 물었다.

비요르켄이 웃음을 터뜨렸다.

"비밀을 다른 곳에다 썼는데, 어떻게 됐겠어? 당연히 남쪽 곶의 아말리에를 임신시켰지. 둘은 결혼했고 1년 뒤 서부 해안에 정착해서 가정을 꾸리고 행복하게 살았어."

폭풍이 또다시 지붕을 공략하며 램프를 흔들었다. 램프의 노란 불빛이 뱉프레드의 얼굴 위에서 흔들리며 위태롭게 춤추었다. 하지만 그 무엇도 뱉프레드를 방해하진 않았다. 그는 이미 오래전에 깊이 잠들어 있었다.

한센 중위는 생일잔치가 성공적으로 치러져서 기뻤다. 그는 생각에 잠겨 식탁의 나무판자를 응시하며 비요르켄의 이야기를 곱씹었다. 그러자 지골로에 대한 연민의 마음이 일었다. 현기증이 자신을 덮쳤던 시절을 떠올리며, 온전한 상태로 되돌아온 것에 깊은 안도의 한숨을 내쉬었다. 중위는 독신이었지만, 남쪽 곳이 있어서 적어도 마흔한 살까지는 별 탈 없이 행복할 것 같았다.

공중비행

혹은 헤르베르트의 요란한 상륙

한동안 유럽에 있다가 이듬해 배를 타고 돌아온 헤르
베르트는 많이 변해 있었다. 관례에 따라 그날, 친구들
은 톰슨곶 오두막 앞 벤치에 줄지어 앉아서 그가 육지
에 발을 딛는 모습을 지켜보았다. 헤르베르트는 콧구멍
속이 훤히 드러나 보일 정도로 고개를 빳빳이 쳐들고,
가벼운 발걸음으로 배에서 내렸다. 표정을 식별할 수 있
을 만큼 거리가 가까워지자, 친구들은 헤르베르트가 보
이지 않는 먼 곳을 응시하고 있다는 사실을 알아차렸
다. 살짝 거만한 표정으로 친구들 앞에 멈춰 선 다음에

도 두 눈은 옹기종기 모여 앉은 사냥꾼 무리 위를 떠다녔다. 그는 저 아래, 남쪽 동네에 다녀온 후 확실히 변한 모습이었다.

사냥꾼들은 헤르베르트의 변화를 눈치챘지만, 아무렇지 않은 듯 행동했다. 헤르베르트가 변화를 바란다면 두고 보면 될 일이었고, 어떤 일이 있었는지 말하고 싶어 한다면 좋은 일이었으며, 아무에게도 발설하지 않고 혼자 간직하길 바란다면 그 또한 그가 할 수 있는 최선이었다. 그래도 한 가지 확실히 해두어야 할 것이 있었다. 그것은 후미진 그린란드에서 살아가는 인간 존재에게는 호기심만큼 강렬한 충동이 없다는 것과 돈으로도 살 수 없는 귀한 것이 재현에의 본능이라는 것이었다.

물론 사냥꾼들은 머릿속으로 각자 다른 생각을 하고 있었다. 매스 매슨은 검은 머리 빌리암에게 얼간이 같은 녀석이 약혼했다며 그것보다 더 끔찍한 일은 없다고 속삭였다. 매스 매슨의 말에 빌리암은 부정적으로 고개를 저었다. 빌리암은 이미 여러 차례 약혼한 경험이 있어서 약혼의 징후에 관해 모르는 게 없었다. 그런데 헤르베르트를 괴롭히는 병은 약혼과는 거리가 멀어도 너무 멀었다.

"돈 문제야." 빌리암이 속삭였다. "누가 엄청난 금액을 상속해줬거나 그것도 아니면 복권에 당첨되어 1만 크로네를 번 게 확실해. 돈 냄새가 나잖아."

헤르베르트는 월귤주에 살짝 취한 밤에야 자기가 달라진 이유가 사랑이나 돈 때문이 아님을 밝혔다. 자정이 다 되었을 무렵이었다. 그가 의자에 널브러져서 건포도 빵 위에 얇게 저민 연어를 올리고, 내복 소맷부리 안으로 손가락을 집어넣었다. 그리고 생각에 잠긴 듯 천장을 바라보았다.

"내가 보기에는 이래." 연어에 뿌린 라벨 붙은 포도주의 효력인지 그가 코맹맹이 소리로 말했다. "다들 좀 놀랐나 봐. 그러니까 내 말은…… 우리가 좀 멀어진 것 같다는 얘기야."

헤르베르트가 한 손을 들어 올렸다. 반대 의견을 사전에 봉쇄할 요량이었다.

"아냐, 아냐. 아니라고는 하지 마. 나는 변했어. 이를테면 차분해졌다고나 할까."

호기심 가득한 눈으로 모두가 헤르베르트를 응시할 뿐, 항의하는 사람은 없었다.

"맞아, 난 침착해졌어." 헤르베르트가 같은 말을 거듭했다.

그는 거만한 기색을 내비치지 않고 자기가 내뱉은 단

어를 즐겁게 음미했다.

"맞아, 그거야. 침착해졌다는 말은 적절한 표현이었어. 하늘을 날 때는 다들 침착해지니까."

침묵이 감돌았다. 놀라우리만치 사려 깊은 침묵이었다. 저녁 식사를 마치자마자 매스 매슨의 침대에 올라가 누워 있던 벨프레드가 신음하며 몸을 뒤척였다. 그가 중얼거렸다.

"헤르베르트, 네 말이 맞아. 링스테드에서 알고 지내던 구두 수선공이 있었는데, 어느 날 슬라겔세에 있던 '미래 술집'에서 쫓겨났어. 그 녀석도 하늘을 날았지. 창문을 뚫고 거리 위로 멀리 날아올랐거든. 네가 말했듯, 그 녀석도 굉장히 침착했어. 들리는 말로는 이후에 머리가 좀 이상해졌다고 했어."

헤르베르트가 가벼운 염증을 느끼며 침대를 응시했다.

"내가 말한 건 선술집에서 쫓겨난 그런 얘기랑은 달라." 그가 날 선 목소리로 말했다. "나는 비행기를 타고 하늘을 나는 환상적인 여행을 했으니까."

"이런, 우라질!"

비요르켄이 헤르베르트를 보다 잘 보려고 마르고 기다란 몸을 식탁 위로 비틀었다.

"방금 비행기라고 했어? 헤르베르트, 정말로 공중비

행을 해봤어? 구름 가운델 날아본 거야?"

"구름 가운데만 날지는 않았어. 구름 위로도, 구름 아래로도 날았어." 헤르베르트가 말했다.

그는 감자 모양의 코를 천장이 뚫어져라 쳐들고 있었다.

"코펜하겐에서 함부르크까지 가는 길이었어. 물론 돌아올 때도 비행기를 탔지."

모두가 깜짝 놀랐다. 도도해진 헤르베르트의 태도와 오만한 눈빛이 어디서 유래했는지 완벽하게 이해되는 순간이었다. 톰슨곳에 모인 친구들 사이, 몸소 하늘을 여행하고 그 기억을 간직한 사람이 생긴 것이다.

사냥꾼들의 머리 위로 당혹감이 내려앉았다. 모두는 식탁에 못 박인 채 헤르베르트의 머리 너머 먼 허공을 응시했다. 백작의 포도주가 사내들의 입속에서 이리저리 굴려졌다. 모두 포도 향에 취한 듯 보였다. 시워츠는 잔을 들어 올리고 노란 액체 너머로 헤르베르트를 은밀히 훔쳐봤다. 헤르베르트는 분위기를 즐겼다. 그는 자기가 모두에게 깊은 인상을 주었고, 대단한 누군가가 되었으며, 이로 인해 아름다운 여름 저녁이 각자의 기억에 영원히 각인되리라 믿었다. 하늘을 가로지르는 경험을 한 사내는 한 번도 땅을 떠나보지 못한 이들과는 본질적으로 달랐다. 어쩌면 이해가 연안에서 보내는 마지막 해가 될지도 몰랐다. 인간이란 하늘을 난 순간부터 다른 무언가를 갈망한다. 그리고 그 다른 무언가는 파랗고 흰 여우를 사냥하는 것보다 유용한 것이 분명했다.

라스릴은 의자 위에 무릎을 괴고 앉아 있었다. 늘 그랬듯, 그가 수다스러움을 주체하지 못하고 한 손가락을 들어 올렸다.

"헤르베르트, 더 얘기해줘요!" 그가 생각 없이 소리쳤다. "하늘을 날 때 기분이 어땠어요?"

헤르베르트는 입가에 희미한 미소를 묻히고 자비로운 얼굴로 청년을 바라보았다.

"솔직하게 말하면 굉장히 흥분돼, 친구. 신성함에 가깝다고나 할까? 내내 시속 200킬로미터로 날았으니까."

다들 일심동체가 되어 한숨을 내쉬었다. 시속 200킬로미터라니! 여기서는 개들하고 죽도록 달려도 고작 시속 10킬로미터를 넘지 못한다! 그래도 다들 기쁜 마음으로 만족하며 살아왔다. 그런데 시속 200킬로미터라니! 헤르베르트가 한 시간 안에 돌파한 거리는 며칠 동안 고역을 치러야만 달성할 수 있는 거리였고, 그것도 기후 조건이 좋을 때만 가능했다.

모두의 놀라움이 헤르베르트의 영혼을 가장 깊은 곳까지 뜨겁게 달궜다. 순식간에 그는 연안에서 가장 유명한 사람이 되었다. 부러움의 대상이자 잔치의 주인공이 되었다. 조만간 모두가 어려운 상황에 놓일 때마다 헤르베르트에게 조언을 구하러 올 터였다. 전부 비행기가 탄소를 제거하러 함부르크에 갈 때 헤르베르트가 해낸 멋진 생각과, 생각을 재빨리 현실로 옮긴 노력 덕분이었다.

이층 침대가 삐거덕거렸다. 밸프레드의 커다랗고 붉은 얼굴이 침대 난간 위로 나타났다. 그가 목소리를 가다듬으려 목덜미를 벅벅 긁으며 물었다.

"그런데 헤르베르트, 넌 어디 앉아 있었어? 안이야 밖이야?"

헤르베르트가 아리송한 얼굴로 밸프레드를 바라보았다.

"그게 무슨 소리야? 당연히 비행기 안이었지."

"그랬구나. 내가 생각한 대로야." 밸프레드가 중얼거렸다. "안락의자에 앉았었지? 아냐?"

헤르베르트가 눈썹을 치올렸다.

"물론이야. 두툼하게 솜이 채워진, 머리 받침에다가 앞에는 접이식 식탁까지 달린 근사한 의자였어."

"그럴 줄 알았어."

밸프레드가 침대에 드러누워 한숨을 내쉬며 눈을 감았다.

"내가 확인한 바로는 하늘을 나는 데도 여러 가지 방법이 있어. 그중 하나가 비행기 안에서 머리 받침이 달린 푹신한 안락의자에 앉아 하늘을 나는 거고. 이건 내 추측인데, 네가 탄 비행기에 난방 장치도 달려 있었지?"

"응, 난방기와 에어컨도 설치되어 있었어. 그건 왜, 밸프레드? 어떻게 그렇게 비행기에 대해 잘 알지?"

"별거 아니야." 밸프레드가 고백했다. "아주 잠깐이긴 했지만 나도 하늘을 난 적이 있거든."

"너도 하늘을 날았다고?"

매스 매슨이 믿을 수 없다는 표정으로 침대를 올려다보았다.

밸프레드가 고개를 끄덕였다.

"염병! 별거 아니야. 젊었을 때 스벤손이라는 이름의 스웨덴 군인과 잠시 산책을 즐긴 것뿐이니까. 소로 근처의 호수에 비행기를 댄 군인이 두당 5크로네를 받고 도살장의 수습생들에게 처녀비행을 시켜줬거든."

헤르베르트에게 쏠려 있던 관심이 매스 매슨의 침대로 옮겨 갔다.

"처녀비행이라니, 하, 하! 그랬겠지." 헤르베르트가 코웃음을 쳤다. "그런 거라면 나도 들은 바가 있어. 그런데 난 비행기를 타고 함부르크까지 갔었어. 밸프레드,

알겠어? 함부르크까지 말이야!"

"그래, 그랬겠지." 밸프레드가 조용히 대답했다.

그러고는 아래에 있는 헤르베르트를 보려고 눈을 뜨고 몸을 돌렸다.

"내가 한 비행은 어떤 경우에도 네가 한 비행과 비교할 수 없어. 그건 나도 잘 알아. 난 도살장 위와 교회 주변, 날붙이 학교 위를 아주 잠깐 난 게 고작이니까. 어디 그뿐인가? 하마터면 떨어질 뻔했어. 딱 한 번, 나한테 슈크르트*를 만들어준 여자에게 손을 흔들다가."

"떨어질 뻔했다고?"

헤르베르트가 신경질적으로 웃었다.

"하, 하, 하! 비행기에서 어떻게 떨어져? 밸프레드, 이렇게 웃긴 농담은 처음이야!"

"불가능하지는 않아. 진짜 그랬으니까. 매스 매슨의 침대에서 내가 지금 쉬고 있는 것만큼이나 사실이고, 입속에 있는 백작의 맛 좋은 포도주만큼이나 사실이지."

밸프레드가 고개를 살짝 들고 친구들에게 미소 지었다.

—

* 소금에 절여 발효시킨 양배추와 소시지, 훈제 햄, 베이컨, 감자 등을 곁들인 음식.

"헤르베르트, 그때 난 비행기 밑에 달린 그네 위에 앉아 있었어. 수상비행기의 플로트 사이에. 여자한테 손을 흔들려다가 그네에서 떨어질 뻔한 거고. 헤헤, 아래 있는 여자에게 얼마나 으스대고 싶었으면 그랬겠어. 하늘을 여행한 사람들은 다 그래. 잔뜩 거만해져서 사람들의 이목을 끌고 싶어지거든."

밸프레드가 헤르베르트에게 윙크했다.

"그네에 앉아 있었다고?"

로이비크가 회의적으로 고개를 저었다.

"그게 정말 너라는 게 확실해?"

"응, 분명 나였어. 그때만 해도 엉덩이가 지금보다 훨씬 날씬해서 자리도 비좁지 않고 적당했어. 꼭 잘 붙어 있겠다는 조건으로 탔고, 모든 게 편안했어. 확실해. 한 가지 불편한 게 있었다면, 얼굴 정면으로 배기가스가 배출되었다는 것 정도? 덕분에 얼굴이 순식간에 줄루족* 처럼 뜨겁고 검어졌지. 그것만 빼고는 정말 멋진 산책이었어. 헤, 헤."

---

* 아프리카의 반투어족 응구니 종족군에 속하는, 남아프리카공화국의 나탈 주를 중심으로 분포하는 종족.

깊은 침묵이 모인 사람들 위로 감돌았다. 헤르베르트는 시선을 어디에 둬야 할지 몰랐다. 그가 어색하게 일어나 벽을 잡고 문까지 걸어갔다. 그러고는 소변을 보러 가야겠다는 둥, 신선한 공기를 마시고 와야겠다는 둥 변명을 늘어놓고 밖으로 나갔다. 한편, 헤르베르트가 사라진 사실을 눈치챈 사람은 없었다. 모두가 밸프레드의 처녀비행을 상상하느라 바빴기 때문이다. 수상비행기의 플로트 사이에 그네를 매달고 소로시의 하늘을 활공했다니, 참으로 놀라웠다.

라스릴이 침묵을 깨뜨렸다. 그가 파랗고 큰 눈으로 밸프레드를 쳐다보며 물었다.

"하늘을 나는 동안 무섭지 않았어요?"

"무섭지 않았냐고?"

밸프레드가 한참 기억을 더듬었다.

"아니, 무섭지 않았어, 라스릴. 내가 앉은 떡갈나무 판자는 굵은 밧줄에 단단히 묶여 있었어. 그런데 뭐가 무서워? 게다가 스벤손은 손재주가 남달랐어. 물론 그네에 앉아서 공중회전을 하자니, 조금 힘들기는 했어."

"염병, 공중회전도 했다고?" 비요르켄이 중얼거렸다.

"물론이야. 공중회전을 안 하면 3크로네밖에 안 됐지만, 난 해서 비행 가격이 굉장히 비쌌어."

밸프레드가 이불 속에서 하품하고 기지개를 켰다.

"비행은 특별하지 않아." 그가 조용히 말했다. "헤르베르트처럼 머리 받침과 앞에 식탁까지 달린 비행기에 탄 거면 특히 더 그래. 그런 건 세상에서 가장 편한 방법으로 이동하는 거니까."

밸프레드가 입을 크게 벌리고 또다시 하품했다. 그의 하품은 전염성이 상당했다. 몇몇이 뒤를 이어 하품을 해 댔기 때문이다.

"그래서 말인데, 비행기를 타고 코펜하겐과 함부르크를 왕복했다고 대단한 사람이 되는 건 아니야."

옌센 왕의 위스키

—
한센 중위의 고지식함과 밸프레드의
재기발랄함

밸프레드와 한센 중위는 그린란드 북동부에서 여러 해를 함께 살았다. 그들은 문명인으로 살던 시절 각자 경험한 일들을 서로에게 들려주며 상대방의 기분을 북돋웠고, 이것은 서로에게 길고 어두운 겨울밤을 견디는 귀한 오락거리가 되어주었다.

중위는 군인으로 재직하던 시절에 겪은 일을 상세히 묘사했다. 밸프레드는 그동안 잠을 깊이 잤다. 그런데도 이야기의 골자가 밸프레드의 잠재의식 깊이 파고들어 그가 반수 상태로 지내며 오랜 시간 축적한 다른 많

은 일과 혼합되었다. 놀라운 일이었다. 하지만 그것보다
더 놀라운 점은 잡동사니로 가득한 잠재의식 속에서 한
센 중위에게 들은 이야기를 정확히 가려내는 능력이었
다. 밸프레드는 중위의 군대 이야기라면 때와 장소는 물
론, 이야기 전부를 토씨 하나 안 틀리고 똑같이 재생해
냈다. 그래서 중위는 밸프레드가 과거 그가 한 일을 방
문객들에게 들려줄 때마다 귓불을 붉혀야 했다. 밸프레
드가 갖다 붙이는 수많은 주석이 자신을 특별한 각도
에서 돌아보게 한 까닭이었다.

북극의 밤에 밸프레드가 이바지한 것은 식도를 타고
올라오는 대부분이 그렇듯, 기억의 늪에서 뜻밖에 솟아
오른 역류와 같았다. 거의 다 셸란섬의 로스킬레와 슬
라겔세 사이에서 발생했고, 그 사이에는 링스테드가 있
었다. 이런 점에서 보면 밸프레드에게 이 세 장소는 일종
의 메카와 같았다.

한센 중위에게 밸프레드의 이야기는 영화에서나 볼
수 있는 미지의 세상이었다. 그래도 중위는 동료의 말을
겸허히 받아들였고, 존중했으며, 매혹당했다. 물론 밸프
레드가 의도적으로 교훈을 주려 한 적은 없었다. 인정받
으려 괜한 수고를 한 적도 없었다. 그런데도 한센은 늘
동료의 말을 순순히 받아들였고, 종종 많은 교훈을 얻

었다.

"거기선 너무 갔어. 한센, 네가 그러니까 하는 말인데, 농담 말고, 진짜 그렇게 생각해?"

한센은 고개를 끄덕였다. 그도 밸프레드와 생각이 같았다.

"한센, 한센!"

밸프레드가 고개를 저었다.

"넌 보통 사람이 생각하지 않는 부분까지 생각하는 사람이야. 그런데 그런 식으로 보니까 네 이야기에서 배울 점이 많아 보여. 옌센 왕을 생각나게 했거든. 의도하진 않았겠지만, 네가 얘기하지 않았다면 난 아마 그 일을 까맣게 잊었을 거야."

밸프레드가 호기심 어린 눈으로 한센 중위를 바라보았다. 중위의 날카로운 시선은 밸프레드의 머리 위 벽에 고정되어 있었다. 잠시 생각에 잠겼던 중위가 군인처럼 고개를 끄덕이며 마침내 입을 열었다.

"제일 재미있는 부분이군."

2월의 얼음처럼 찬 저녁이었다. 바람과 눈 더미가 두 친구를 온종일 집 안에 묶어두었다. 낮잠에서 깨어난 밸프레드는 식도락을 즐기고 싶은 마음이 간절해졌다. 그가 찬장에서 기름에 절인 정어리 통조림을 꺼냈다. 한센이 저녁 식사를 준비하기 전에 잠시 식욕을 달래기 위해서였다. 통조림은 읽고 난 뒤 화덕에 던질 신문지에 조심스럽게 싸여 있었다.

"젠장! 이것 봐, 한센, 우리가 중국해에 없는 게 얼마나 다행이야."

중위가 놀란 표정으로 물었다.

"뭘 읽어?"

"작년 2월 25일 자 로스킬레의 신문. 그러니까 1년 하고도 이틀 전의 소식이네."

"그래? 중국해가 어떤데?"

"말한 대로야. 우리가 여기서 이렇게 평화롭게 사는 건 정말 큰 행운이야."

밸프레드가 코안경을 걸치고 큰 소리로 요점을 정리했다.

"해적 관련 기사가 났어. 아랫동네는 제정신이 아닌가 봐. 이 시대에 해적이라니, 그것도 진짜 해적! 정부가 해적선을 나포하는 사람에게 1,500달러를 주겠다고 약속했어."

그가 꿈꾸는 얼굴로 안경 위를 응시했다.

"엄청난 금액이야. 한센, 그래도 이런 일에 목숨을 걸지는 않을 거야. 돈을 두 배 더 준다 해도 마찬가지야. 옌센 왕이라면 한순간도 망설이지 않았겠지만."

"옌센 왕?"

중위가 생각에 잠긴 표정으로 밸프레드를 바라보았다.

"이름을 들어본 것 같아."

"그럴 거야. 옛날에 내가 로스킬레에서 알고 지내던 녀석이니까. 사람들은 그 녀석을 옌센 왕이라고 불렀어. 젊었고, 대단한 모험가였어. 그래서 모험을 즐기러 슬라겔세로 떠났지. 거기서 로스킬레로 돌아오기 전까지 3년 간 이발소 수습생으로 일했어. 녀석이 로스킬레로 되돌아온 건 순전히 여자 때문이었어. 그 여잔 외국인이 좋아하는 타입은 아니었는데, 옌센 모험가가 선호하는 타입도 아니었어. 어쨌든, 놈이라면 틀림없이 해적을 잡겠다고 중국해로 떠났을 거야. 아무도 그 녀석을 말릴 수 없었으니까. 아내를 제외하고는."

한센 중위는 카드를 밀어내고 의자 위로 몸을 젖혔다. 그리고 식탁 위에 두 다리를 올려놓고 편안하게 자리를 잡았다. 로스킬레의 모험가이자 왕이기도 한 옌센의 이야기가 재미있을 것 같았다.

"그런데 그 사람은 어떻게 귀족의 칭호를 얻었어?" 그가 물었다.

"아, 그건 그 녀석이 로스킬레로 온 다음 5년 동안 고양이 왕으로 살아서야. 너도 알겠지만, 생선 통에서 고양이를 나오게 하려면 통을 두드려야 해."

밸프레드가 알겠다는 얼굴로 고개를 끄덕였다.

"늙은 옌센, 그러니까 옌센 왕의 아버지는 산에서 소금에 절인 생선을 팔았어. 잔치가 벌어질 때마다 생선 통을 배달했지. 옌센은 통의 허술한 부분이 어디인지 정확히 알았고, 그래서 고양이 왕이 될 수 있었어."

밸프레드는 신문지 자락을 내려놓고 통조림을 집어 들었다.

"로스킬레로 돌아온 다음, 옌센 왕은 아버지가 장작을 쌓아두던 창고에 이발소를 만들었어. 멋진 곳이었지. 앞에 벤치가 하나 있었는데 햇살이 좋은 날이면 손님들이 벤치에 앉아 피오르의 풍경을 감상했어. 나는 로스킬레 언덕에서 벌채하는 걸 빌미 삼아 옌센 왕을 만나러 갔어. 많은 이가 이발소를 드나들었지. 옌센 왕의 아버지, 그러니까 늙은 옌센이 도시에서 제일 훌륭한 증류 제조업자였거든. 그는 커피 찌꺼기와 영국제 숯에 술을 증류했는데, 모든 면에서 완벽한 술이었어."

밸프레드가 소맷부리 안감으로 통조림에 쌓인 먼지를 털어냈다. 가느다란 바늘을 통조림 따개에 끼우고 덮개를 말아 올리며 그가 중얼거렸다.

"한센, 그보다 더 나은 증류주는 없었어. 안주 없이 강술을 마셔도 더없이 좋았지. 너도 한번 맛봤으면 좋았을걸. 소화를 위해서도, 육체를 가진 세상 모든 존재에게 그만큼 좋은 건 없었어. 물론 정어리도 나쁘지는 않지만."

밸프레드가 검지와 엄지손가락 사이에 정어리를 끼우고 목구멍으로 집어넣었다. 한 마리 또 한 마리, 정어리들이 그의 입속에서 분해되어 종국에는 기름 한 방울로도 남지 않았다.

"한센, 이렇게 맛있는 걸 왜 싫어해?" 밸프레드가 한숨을 내쉬었다. "난 이해가 안 돼."

그가 걱정스러운 얼굴로 고개를 저었다.

"내 생각에는 네 미각에 문제가 좀 있어 보여. 검사를 한번 받아봐. 언젠가 의사를 만날 기회가 생긴다면."

밸프레드는 마지막 남은 정어리 조각을 씹어 삼키고 기름까지 싹 입안에 털어 넣었다. 그리고 세차게 혀를 차서 가능한 한 오랫동안 맛을 음미했다.

"금회색의 요 작은 생물은 어느 모로 보나 늙은 옌센의 정어리보다 나아. 물론 그의 것도 나쁘지는 않았지만, 그건 어디까지나 그가 만든 완벽한 증류주를 곁들였을 때의 얘기지."

"그런데 옌센 왕은?" 한센 중위가 물었다. "주제에서 벗어난 얘기를 하고 있잖아."

"이런, 젠장, 정말 그러네! 그런데 그 주제로는 얘기가 영원히 끝나지 않을걸. 암, 불가능해. 여하튼 다섯 차례나 고양이의 왕이 된 옌센은 왕관을 하나 받았어. 왕권의 상징인 지휘봉과 진짜 스코틀랜드산 위스키도 한 병 선물 받았지. 녀석은 정말 기뻐했어. 염소수염 위로 눈물을 뚝뚝 떨어뜨리며 울기까지 했으니까. 가엾게도 진짜 위스키를 손에 넣어본 적이 없었던 거야. 그날을 시작으로 그 녀석의 이발소에는 더 많은 손님이 찾아왔어. 모두 오랜 친구들이었지. 그중에는 위스키 마개를 따면 한 모금 얻어먹으려고 온 놈들도 있었는데, 다들 자기가 진짜 친구라고 우겼어."

밸프레드는 빈 깡통을 석탄 상자 속에 던지고 신문지로 세심하게 입술을 닦았다.

"헤, 헤, 한센, 로스킬레에서 보낸 그 시간은 정말 꿈만 같았어. 이발소 안팎으로 수많은 사람이 들끓었지. 앞으로도 로스킬레의 이발사가 그렇게 많은 손님을 받는 일은 영원히 없을 거야. 하지만 옌센, 그 어린놈은 빌어먹을 사기꾼이었어. 절대로 위스키를 따려 들지 않았으니까. 위스키 병은 늘 유리 선반 위에 보란 듯 놓여 있었어. 손님들이 앉는 의자 앞, 거울 바로 위에. 그래서 모두는 얼굴에서 흘러내리는 스코틀랜드산 비누와 함께 침을 질질 흘리면서 타는 듯한 갈증을 느껴야 했어. 선반 옆에는 옌센이 왕이 되었을 때 하사받은 지휘봉도 걸려 있었어. 늙은 옌센은 떡갈나무로 만든 그 지휘봉을 증류 공장에서 무뢰한들을 쫓아낼 때 사용했지."

밸프레드가 자리에서 일어났다. 침대로 걸어가 편안하게 누우며 그가 한숨을 내쉬었다.

"한센, 로스킬레에서 보낸 그 시절은 정말 아름다웠어. 헤, 헤, 상상해봐! 링스테드에서 자전거를 타고 산으로 가서 옌센의 벤치에 앉아 빈둥거리며 잡담을 늘어놓는 거야. 꼭 축제 기분이었지. 그러던 어느 저녁의 일이야. 스코마게르가데로 가던 길이었지. 알가데에서 스텐데르토르베트까지 한가로이 걸으며 우린 탐욕스러운 눈으로 여자들을 염탐했어. 그때 그 여자들이 답례차 우리에게 보낸 눈빛은 또 어땠는지! 내가 장담하는데, 링스테드 출신이라면 누구나 다 이 말의 의미를 이해할 거야."

밸프레드가 재밌어서 킥킥대며 웃었다.

"한센, 우리는 먼 곳에서 온 외국인처럼 행동했어. 너도 알겠지만, 링스테드의 주민들은 외국인들을 특별하게 여기잖아. 어쨌든 로스킬레 아가씨들은 링스테드 아가씨들과는 어딘가 좀 달랐어. 자기들만의 특별한 스타일이 있었지."

뺄프레드가 고개를 저었다.

"한센, 그런데 아무리 생각해도 참 이상해. 사실 사람들 사이에는 별 차이가 없어. 와투시의 아가씨들도 슬라겔세나 로스킬레의 아가씨들처럼 똑같은 인간으로 태어났단 말이야. 사실 난 그 아가씨들이 예전이든 나중이든, 아래나 위나 비슷할 걸로 생각해. 그러니까 와투시 여자라는 사실만으로 특별한 관심을 보이는 건 바보 같은 일이야."

"어디든 다 그래. 로스킬레 여자들도 마찬가지야. 그 여자들이라고 특별한 건 아니니까. 그래도 우리는 기꺼이 일요일마다 자전거를 타고 로스킬레를 향해 달렸어. 한가로이 거닐며 여자들을 곁눈질로 훔쳐보고, 옌센 왕의 벤치 위에서 기적을 기다리기 위해서였지."

뺄프레드가 즐겁게 웃었다.

"작은 즐거움이 큰 행복이 되던 시절이었어. 한센, 그런 시절을 살 수 있었다는 것에 우리는 감사해야 해."

중위가 고개를 끄덕였다. 입술을 뾰족하게 앞으로 내밀고 뺄프레드의 말을 되새기며, 마음속으로 뺄프레드가 로스킬레의 거리를 활보하는 장면을 떠올렸다. 같은 방식으로 어렵지 않게 멋쟁이 아가씨들도 떠올릴 수 있었다. 이국의 귀여운 아가씨들은 이해하기 어려운 사투리를 써가며 코트를 입고 시장통을 걸어 다녔다. 이어 밸프레드가 산이라고 부르는 어부들의 촌락이 떠올랐다. 목재 골조에 벽은 점토로 되어 있고 용마루 위에는 해조류가 널려 있었다. 지붕이 삐뚤빼뚤 튀어나온 작은 집들이 서로에게 등을 기대고 있고, 벤치 위로는 따뜻한 햇볕이 내리쬤다. 그 모든 풍경이 중위에게는 더없이 선명하게 다가왔다. 생각만으로도 이미 로스킬레를 본 느낌이었다.

"굉장히 인상적이야, 밸프레드. 눈앞에 로스킬레가 있는 것 같아. 도시 전체가 한눈에 보이는 것 같거든. 너무 선명해서 소리도 들리는 것 같고, 냄새까지 맡을 수 있을 것 같아. 그런데 참, 스코틀랜드산 위스키는 어떻게 되었지?"

밸프레드가 갑자기 심각해진 표정으로 동료를 응시했다.

"위스키? 아, 그건 다른 이야기야. 이상한 얘기지." 밸프레드가 대답했다. "사실 옌센 왕은 위스키 병을 영원히 따지 않았어."

"뭐?"

"내가 말한 그대로야. 술병을 딸 결심을 하지 못했지. 이건 내 생각이지만, 술병을 따면 그 즉시 이발소가 사양길에 접어들고, 친구들도 사라지고, 승류주에 관한 명성도 사라질 거라고 생각한 모양이야."

중위는 다시 오랫동안 밸프레드의 말을 깊이 생각해보았다. 그러자 그럴 수밖에 없었던 옌센 왕의 입장이 충분히 이해되었다.

"어쩌면 그에게는 위스키가 삶의 의미였는지도 몰라." 중위가 생각을 마치고 말했다.

"응, 그럴 거야." 밸프레드가 대답했다. 그가 등을 돌리고 눈을 감았다.

"어쨌든, 녀석이 뒈진 건 술 때문은 아니었어."

"그가 죽었어?"

"응, 외국인의 영혼에 비로소 평화가 찾아온 거지. 녀석은 아내와 뫼 절벽으로 소풍을 나갔다가 죽었어. 죽기 전에 사진이라도 찍어둘걸, 그러지 못해서 안타까워. 너도 인정하겠지만 녀석은 정말 위대한 사람이었거든. 옌센 왕은 뭐든 다 도전해보고 싶어 했어. 그 시절에는 사진을 찍는 게 유행이었고."

밸프레드의 눈시울이 붉어졌다. 슬픔에 젖은 얼굴로

동료를 바라보며 그가 말을 이었다.

"모든 일이 무슨 일이 일어났는지 깨달을 새도 없이 순식간에 벌어졌어. 녀석이 추락한 곳은 코이에*만에 있는 낭떠러지였어. 떨어지며 눈앞이 얼마나 캄캄했을까? 빌어먹을 녀석, 운도 더럽게 없어. 그래도 마리아가 임종을 지킨 게 가족들에게는 큰 위로가 되었을 거야. 마리아는 녀석의 아내야. 풍파 없이 자란 여자였지. 모험처럼 살다가 모험처럼 죽은 옌센과는 정반대였어."

밸프레드가 이층 침대 바닥을 응시했다.

"녀석을 잃은 건 우리 모두에게 큰 충격이었어. 옌센 왕이 죽은 다음에는 머리를 자르러 가서도 더는 벤치에 앉아 태양을 즐기지 못했어."

밸프레드가 미소를 짓자 입술 끝이 파르르 떨려왔다.

"그래도 장례식은 근사했어. 늙은 옌센, 그러니까 옌센 왕의 아버지가 굳건히 살아 있었거든. 그에게는 소금에 절인 청어리가 많았고, 알다시피 염장한 청어리는 갈증을 유발해."

"그럼 위스키는?" 중위가 물었다. "스코틀랜드산 위스

---

* 덴마크 동부 로스킬레주 남부의 항만도시.

키는 어떻게 되었어?"

벨프레드가 고개를 살짝 쳐들고 침울한 표정으로 한센을 바라보았다.

"한센, 옌센 왕은 죽기 직선에도 위스키를 무덤까지 가져가겠다고 했지만, 위스키는 압류되었어."

"녀석이 말했지. '마리아, 내가 죽거든 상으로 받은 위스키를 무덤에 뿌려줘. 위스키가 있어 행복했으니까, 죽어서도 그 술이 날 행복하게 해줄 거야.'"

"왕의 유언인 셈이군." 중위가 짐작했다.

"흥, 왕은 무슨, 바보 멍청이의 말이었지! 아니, 그러니까 내 말은 예를 들자면 그렇다는 거야. 1리터들이 진짜 위스키를 관에 쏟아붓다니, 그게 말이 돼? 그런 신성 모독이 어디 있어? 그래서 내가 마리아한테 말했어.

'마리아, 절대로 그런 짓을 하면 안 돼요. 왕이 마지막으로 그렇게 우라질 말을 남겼을 리가 없어요. 잘못 들었을 거예요. 아니면 녀석이 제정신이 아니었던 게 분명해요. 그렇죠? 유언을 남길 당시, 정신이 몽롱한 상태였잖아요? 안 그래요?'

그래도 마리아는 계속해서 고집을 부렸고, 어떻게 해도 의견을 바꾸지 않아. 끔찍하게도 남편이 한 말을 곧이곧대로 믿은 거야."

"정직하네. 매력적인 여자야!" 중위가 애정극에서나 나올 법한 표정으로 말했다.

"아무렴, 네 말이 맞아."

밸프레드가 한센을 슬쩍 곁눈질했다.

"마리아가 위스키를 포기하지 않았더라도, 나는 마리아를 높이 평가했을 거야. 로스킬레 여자들에겐 도저히 저항할 수 없는 매력적인 뭔가가 있거든. 고집이 좀 세긴 하지만, 정직하고 충실해. 마리아도 그랬어. 여하튼 마리아와 난 단둘이 위스키 병을 들고 성당 뒤 무덤으로 갔어. 그리고 잠시 벤치에 앉아서 옌센 왕을 추억했어."

중위는 식탁 위에서 다리를 내리고 등을 폈다. 존경스러운 듯, 그가 감탄한 눈으로 오랜 동료를 바라보았다.

"밸프레드, 정말 자랑스러운 일을 했어. 마리아와 그렇게 한 건 정말 잘한 일이야. 망자의 명예를 지켜주다니, 훌륭해."

밸프레드의 시선이 잠시 방 안을 배회했다. 중위가 말을 이었다.

"기분이 어땠어? 옌센 왕의 마지막 집에 마리아와 황금빛 귀한 액체를 쏟아부을 때 말이야. 굉장히 감동했을 것 같아. 안 그래?"

"흠, 맞아, 한센. 어떤 면에서는 그랬어. 사실 그런 일을 하고 감정의 동요가 없는 사람은 없을 거야."

밸프레드가 치아가 한 개도 남지 않은 입안을 훤히 내보이며 중위에게 미소를 지었다. 그 시산, 틀니는 양조 맥주 속에서 안전하게 휴식을 취하고 있었다.

"그게 바로 옌센 왕이 마지막으로 원했던 게 아닐까?"

중위가 잠시 생각에 빠졌다. 밸프레드가 해준 이야기는 무척 감동적이었다. 이야기의 내용도 그의 바른 성품과 정확히 일치했다. 사실은 감동적인 이야기라는 것도, 머릿속에서 시작되어 머릿속에서 끝나는 것이지만 말이다. 한센 중위가 자리에서 일어나 옷을 벗었다. 그리고 거의 기계적으로 저녁 체조를 시작했다. 체조를 마친 다음에는 콧수염에 포마드 기름을 대충 바르고, 수염 싸개를 두른 뒤 침대 속으로 들어갔다. 멍하니 허공을 바라보던 그가 몸을 기울여 '훅' 하고 램프의 불을 껐다. 어둠 속으로 아래층 침대에서 졸음에 겨운 밸프레드의 목소리가 들려왔다.

"한센, 알아? 옌센은 고결한 사람이었어. 왕처럼 섬세하고 위대한 사람이었지. 그래서 난 녀석이 마리아와 내가 한 짓에 절대로 앙심을 품었다고는 생각하지 않아. 녀석을 믿으니까. 그래서 말인데, 사실 난 위스키를 무덤

에 붓지 않았어. 마리아와 함께 다 마셔버렸지. 그래서 로스킬레는 왕의 도시고, 세상에서 가장 위대한 사람이 잠든 곳이 되었어."

창립 1897년에 빛나는 즐거운 덴마크 산악회

―

새로운 전보에 아연실색한 닥터와 모르텐슨, 그리고 미국 곰의 만행에 대비한 비요르켄의 뛰어난 술책

1년 중 가장 어두운 시기에 모르텐슨은 무선전신으로 전보를 받았다. 전보 한 통이 어떻게 삶을 뒤바꿀 수 있는지 모르겠지만, 이 일로 모르텐슨과 닥터의 삶이 한층 어두워졌다. 한 점 한 점, 이 연결부호에서 저 연결부호로 이어지며 메시지 수신이 시작되자 모르텐슨의 연필이 종이 위를 날아다녔다. 반면, 생각은 봄에 열릴 콘서트에 집중되어 있었다. 모르텐슨은 애국가를 열 곡 선별해 즉석에서 연주할 참이었다. 애국가 메들리 연주는 같은 계열의 음악을 선보이는 첫 번째 시도가 될 터였다.

모르텐슨은 아마살리크 라디오 기지국에 전보를 받았다고 통지하고 송신기를 차단했다. 그리고 닥터에게 페달 발전기에서 내려와 저녁 커피를 끓이자고 소리쳤다.

닥터가 땀에 젖어 두툼한 안장에서 내려왔다. 자전거 발전기를 떠나며 그는 동료에게 전보를 곧바로 배포해야 하는지 소리쳐 물었다. 모르텐슨은 눈을 감고 머릿속으로 전보의 내용을 꼼꼼히 떠올렸다. 한 자 한 자, 마지막 문장까지 검토가 끝나자 그가 믿을 수 없다는 듯 손에 든 종잇조각에 시선을 고정했다. 모르텐슨은 말없이 거실로 가 식탁에 종이를 던졌다. 닥터는 전보 내용을 읽고 부정적으로 고개를 저었다.

"난 이걸 전하고 싶지 않아." 심각한 표정으로 닥터가 말했다.

모르텐슨이 고개를 끄덕였다.

"이해해. 그래도 알려야 해. 그게 네 일이니까."

"알겠어. 하지만 조건이 하나 있어. 너도 나랑 같이 전보를 전하러 가자."

모르텐슨은 커피메이커에 커피 가루를 넣고 화덕에 물을 올렸다.

"난 안 돼. 콘서트 계획을 짜야 해. 할 일이 많아."

"네가 안 가면 나도 안 가."

닥터가 애원하는 눈빛으로 기지 대장을 바라보았다. 모르텐슨은 시선을 피했다.

"좋아, 정 그렇다면 어쩔 수 없지. 내일 가자."

수많은 망설임과 저항감을 뒤로하고, 두 사내는 비요르켄보르를 향해 길을 나섰다. 회사의 지시 사항을 전달하고 싶지 않았지만, 하는 수 없었다. 한 해 중 가장 바쁜 시기에 탐험대가 도착한다는 사실을, 그것도 여섯 명이나 되는 인원을 대동하고 온다는 사실을 전하는 게 얼마나 무모한지 알기 때문이었다. 그건 자살행위나 다름없었다.

닥터는 짐칸에 모르텐슨을 태우고 최대한 천천히 페달을 밟았다. 그리고 될 수 있는 한 길을 멀리 돌아갔다. 최대한 자주 텐트를 쳤고, 최대한 느리게 가능한 한 많은 양의 음식을 만들어 느릿느릿 먹었다. 제복 모자 안에 끼워놓은 문제의 전보가 닥터의 머리를 무겁게 짓눌렀다.

그런데 그렇게까지 걱정할 필요는 없었다.

비요르켄이 친구들이 들을 수 있도록 무선전신으로 받은 메시지를 큰 소리로 읽었다.

"비요르켄보르의 대장에게."

그가 불쾌한 표정으로 고개를 들었다.

"이게 뭐야! 비요르켄보르의 대장 비요르켄에게라고 썼어야지!" 비요르켄이 투덜거렸다.

"대표가 말을 아끼려고 그랬을걸" 닥터가 추측했다. "너도 알지만, 한 단어에 15크로네가 들어."

비요르켄이 어이없는 표정으로 닥터를 쳐다보았다.

"비요르켄이라는 단어의 가치가 15크로네도 안 된단 소리야?"

그의 시선이 다시 전보로 옮겨 갔다.

"창립 1897년에 빛나는 즐거운 덴마크 산악회가—멈춤—알라이네의 바늘을 오르기 위해 8월 중순에 비요르켄보르에 도착한다—멈춤—비요르켄보르의 기지—멈춤—대장에게 회사 대표는 중대한 지시 사항을 전한다—멈춤—탐험대는 목적을 달성해야 한다—멈춤—비요르켄보르 주민들의 위대한 노고를 기대한다—안부를 물으며—대표—멈춤."

비요르켄은 닥터와 모르텐슨이 걱정스러운 얼굴로 화덕 앞 벤치에 앉아 몸을 비비 꼬는 사이, 코를 킁킁거리며 서문의 내용을 곱씹었다. 잠시 후, 그가 입가에 희미한 미소를 지었다. 닥터와 모르텐슨은 그 모습을 보고 안심이 되었다.

"친구들, 멋지다."

비요르켄이 낮짝을 바라보며 기분 좋게 양손을 마주 비볐다.

"뭔 소리래?"

낮짝이 다리 대신 안경을 지탱하는 고무줄을 짜증스럽게 잡아당겼다.

"이유는 많아. 첫째, 이 일은 비요르켄보르 기지의 위상을 드높여준다. 둘째, 이 기회에 기지 매상을 대폭 올린다."

비요르켄이 수수께끼 같은 대답을 했다.

"알라이네의 바늘까지 가면서 우리가 뭘 팔아야 해요?"

라스릴이 존경스럽다는 듯 기지 대장을 바라보았다. 두 눈에 어린아이처럼 호기심이 가득했다. 비요르켄은 생각 없는 제자를 포기하고, 자리에서 일어나 럼주를 가지러 갔다. 그가 손님들에게 말했다.

"친구들, 기운을 북돋는 데는 이만큼 좋은 게 없어. 자전거 타고 먼 길 오느라 피곤할 테니 며칠 머물다 가도록 해."

"고맙지만 하루만 묵고 갈게." 모르텐슨이 대답했다. "봄에 열릴 콘서트를 준비하려면 바삐 움직여야 해."

"아, 그래, 봄의 콘서트!"

비요르켄이 영혼 없는 얼굴로 잔을 채웠다. 머릿속이 탐험대에 관한 생각으로 가득했다.

낮짝이 수심에 찬 얼굴로 잔을 흔들었다. 차라리 독한 럼주 뒤로 몸을 숨기고 싶은 마음이었다.

"알라이네의 바늘을 탐험하겠다니, 어떻게 그런 생각을 다 했대?"

그가 큰 소리로 물었다.

"알라이네? 아, 그래, 알라이네!"

비요르켄이 술병을 내려놓고 학자 같은 어조로 말했다.

"알라이네라, 친구, 알다시피 알라이네는 그린란드에서 가장 높은 봉우리는 아니야. 그래도 상대적으로 보면, 여러 면에서 굉장히 접근하기 어려운 봉우리긴 해. 입맛 떨어질 만큼 비정하고 거친 곳이니까. 끝없는 침식작용과 극한의 추위, 푹푹 찌는 더위, 말로는 표현할 수없는 거센 폭풍, 눈보라, 우박, 급류처럼 쏟아지는 비, 그모든 게 수천 년 전부터 알라이네를 만들어온 힘이거든. 창립 1897년에 빛나는 즐거운 덴마크 산악회가 그 봉우리에 오르는 걸 명예로운 일이라 생각한 건, 아마 그런이유일 거야. 그게 바로 산행의 목적일 테고."

낮짝은 늘 그랬듯 온몸에 두드러기가 돋는 듯했다.

라스릴은 희열감에 사로잡혀 이마에 주름을 잡고 잠시 생각하는 시간을 가졌다. 그가 말을 하기 전에 생각이라는 것을 하는 경우는 매우 드물었다. 생각을 마친 뒤, 마침내 그가 입을 열었다.

"비요르켄, 산악회 회원들이 정상까지 걸어갈 것 같아요? 아니면 뛰어갈 것 같아요?"

비요르켄이 매서운 눈으로 제자를 노려보았다. 그러나 더없이 순진무구한 청년의 얼굴에 충실한 대답을 비껴갈 도리가 없었다.

"친구, 그들은 분명 기어서 올라갈 거야. 밧줄, 하켄, 피켈과 그 밖의 다른 도구들의 도움을 받아서. 알라이네 등반은 굉장히 힘들거든. 기술적으로도 그렇지만, 특히 육체적이고 정신적인 부분에서 큰 노력이 필요해."

"아, 그렇군요."

모두 이해했다는 듯 라스릴이 고개를 끄덕이더니 말했다.

"에이, 하마터면 속을 뻔했잖아요. 지금 농담하는 거죠? 우릴 웃기려고요, 아니에요?"

비요르켄이 마지막 인내심을 발휘해 럼주를 몇 모금 들이켰다.

"라스릴, 그걸 지금 말이라고 해? 잘 들어. 이건 그자들의 목숨이 달린 일이야. 어떻게 내가 그런 일을 두고 농담을 할 수 있다고 생각하지?"

그해 베슬 마리호는 비요르켄보르에 직접 배를 대고 산악회 회원들과 텐트 네 개 분량의 거추장스러운 집기들을 하선했다. 이윽고 호르센스주 교도소에서 다년간 공무를 집행한 요리사 한 명과 돌돌 말린 로프 열여섯 개, 하켄과 아이젠에 자일을 연결하는 금속 고리, 도르래, 피켈, 추락 방지용 안전띠, 복잡한 모양의 무전기, 부츠, 가죽 바지, 증류주 100리터와 맥주 50여 통이 배에서 내려졌다.

비요르켄보르의 주민들은 피땀 흘리며 맥주와 증류주, 그 밖의 여러 안전장치를 하역했다. 비요르켄은 한참 동안 이리저리 다니며 탐험대가 가져온 물품을 세심히 관찰했다. 그리고 귀중품을 집 안에 보관하자고 제안했다. 몇 년 전부터 자기 것과 남의 것도 분간하지 못하는 수많은 미국 곰이 불쾌하기 그지없는 약탈 행위를 일삼고 있다는 이유였다. 비요르켄의 말에 산악회 회원들은 깜짝 놀랐다. 애써 수백 킬로미터에 달하는 거리를 달려왔는데, 입하한 물품 중에 미국 곰이 유독 눈독을 들이는 것이 있다니 믿기지 않았다. 더욱 기막힌 것은 곰의 목적이 맥주라는 사실이었다. 미국 곰들이 살아 있는 한, 맥주는 하선 금지 품목에 해당했다.

라스릴은 이 일로 다락으로 추방되었고, 거실에 있던 그의 침대는 알코올 저장고로 사용하기로 했다. 운반이 끝나고 증류주와 맥주가 오두막에 안전하게 보관되었다. 가공할 양의 알코올을 저장한 오두막에는 어딘가 신성하고 엄숙한 분위기가 감돌았다. 완벽하게 정렬된 술병이 라스릴의 침대를 장식하고, 별채 오두막의 넓은 벽은 빨간색 상자들로 새롭게 단장되었다. 상자 안에는 공장에서 제조된 진짜 캔 맥주 1,500개가 들어 있었다.

평상시 점잖고 침착한 낮짝조차도 숨을 크게 내쉬며 경탄했다.

"젠장, 엽서보다 훨씬 아름답네!" 그가 소리쳤다. "그린란드에서 우리 집만큼 훈훈한 집은 어디에도 없겠어."

비요르켄이 낮짝의 의견에 전적으로 동의했다. 그가 근엄한 목소리로 말했다.

"낮짝, 등산가 무리가 아니면 누가 이 많은 아름다운 것을 휩쓸어올 수 있겠어? 안 그래? 그래서 말인데, 근사한 환영식을 열어주자."

이틀에 걸쳐 벌어진 탐험대의 출정 기념식은 매우 성

공적이었다. 주먹다짐이나 허식 없이 매끄럽게 진행되었고, 수없이 건배가 오갔다. 산악회 회원들은 연설에 능한 코펜하겐 주민이었다. 탐험대 대장은 프레데릭센이라는 이름의 육류 도매업자였다. 짧은 연설이 진행되는 동안, 그는 자신과 회원들이 비요르켄보르에서 받은 환대를 세 차례나 언급하며, 자국은 물론 외국 어디서도 찾아볼 수 없는 이례라고 극찬했다. 산악회 회원들은 여행 경험이 많았다. 그들이 제일 처음 등반한 곳은 스몰란드의 홀다 절벽이었다. 이곳에서 그들은 고도의 실력을 갖춘 대원만이 해낼 수 있는 진짜 정글을 통과했고, 술의 힘을 빌려 첫 번째 정상 탈환에 성공했다. 또 한번은 해상에도 능한 실력을 발휘해 파란색 처녀봉을 정복했고, 노르웨이의 도브레산도 등반했는데 이때에는 술이 부족해 고지의 반밖에 오르지 못했다. 비요르켄보르 주민들의 극진한 대접으로 미루어 짐작해볼 때, 이번 원정 또한 성공해 산악회 역사에 길이 남을 듯 보였다. 같은 해 10월에 등반할 예정인 히멜비에르게트 산맥 정복도 시간문제였다. 히멜비에르게트는 높이가 147.2미터인 덴마크에서 가장 높은 산으로 별명이 하늘 산이었다.

비요르켄은 선웃음을 치며 탐험대에게 전폭적인 지지를 아끼지 않겠다고 약속했다. 끊임없이 건배가 오가고 술잔이 기울여졌다. 그런데 산악회 회원들과 호르센스의 요리사는 자기들이 비요르켄의 집에서 만든 증류주와 올보르*산 독주를 마시고 있음을 전혀 눈치채지 못했다.

여기서 잠시, 비요르켄의 얼굴에 먹칠하지 않기 위해, 나는 그가 얼마나 엄격하고 공정한 방식으로 술병을 바꿔치기했는지 명확히 밝혀보려 한다. 대접은 후했다. 200리터들이 술통을 시작으로 불행 중 다행으로 이제 막 발효되기 시작한 이미아크**까지 나왔다. 그사이 라스릴의 침대를 떠난 술들은 한 병 한 병 다락방으로 옮겨져 석탄 자루 속에 차곡차곡 쌓였다.

잔치가 끝나자 낯짝은 은밀히 재산목록을 작성하고, 증류주 스물한 병과 맥주 열여섯 상자를 여기에 추가했다. 산악회 회원들은 어떤 이의도 제기하지 않았다. 모두를 괴롭히는 숙취의 정도로 미루어볼 때, 소비한 술의 양에는 오차가 없었다.

잔치에 참여한 원정대원들은 사흘 뒤에야 머리가 맑

———

* 덴마크 유틀란트반도 북부의 항구도시.
** 그린란드의 전통 양조 맥주.

아지고 온전한 상태로 돌아왔다. 이에 탐험대 대장은 알라이네 기슭에 도착하기 전까지는 신중해야 한다며 금주령을 내렸다.

사내 여섯 명으로 구성된 산악회 회원들은 배로 알라이네섬까지 이송되었다. 문제의 산봉우리는 방대한 피오르 위로 솟아 있었다. 장비 일체가 배에서 내려졌다. 비요르켄은 증류주 일흔아홉 병과 맥주 상자 서른네 개를 보고 무척 비통해했다. 맥주는 비요르켄보르에서 알라이네섬까지 세 번은 오가야 할 정도로 상당한 양이었다. 비요르켄보르의 친구들은 베슬 마리호가 톰슨곶에 들어온다는 소식이 들리는 대로 산악회 회원들을 데리러 오겠다고 약속했다.

산악회의 야영지가 세워졌다. 요리사가 저녁 식사를 준비하는 동안 다른 회원들은 알라이네를 탐사했다.

비요르켄은 말없이 굳은 얼굴로 비요르켄보르 쪽을 향해 배를 돌렸다. 낮짝이 선미에 앉아 비요르켄의 쌍안경으로 줄곧 야영지를 감시했다.

"텐트를 치고 있어."

"베이스캠프는 북쪽에 칠 거야." 비요르켄이 중얼거렸다. "알라이네에 오르려면 그 길밖에 없으니까."

몇 분이 흘러갔다. 낮짝이 놀라며 감탄을 연발했다.

"큼지막한 텐트의 경비가 엄청 삼엄한데? 요리사가 흑맥주 상자 옆으로 가고 있어."

비요르켄은 모터를 멈추고, 잠시 물결에 배를 맡겼다. 섬에서 일어나는 일을 낱낱이 감시하기 위해서였다. 그가 말했다.

"요리사에게 보초를 서게 하려는 거야. 단단히 화가 났나 보네. 혹시 도둑맞은 걸 알았나?"

"미국 곰들 때문일 거예요." 라스릴이 넌지시 의견을 제시했다.

비요르켄은 제자를 흘겨봤다. 그가 낮짝에게 고개를 끄덕였다. 그러자 낮짝이 두꺼운 안경알 너머로 기지 대장에게 신호를 보냈다.

"내일 다시 와서 무슨 일이 벌어지는지 보자."

그는 딸칵하고 쌍안경을 소리 내어 접고, 낡은 석유 모터에 시동을 걸었다.

라스릴은 밤새도록 비요르켄보르 주변을 종횡무진 뛰어다니며 풀을 뜯어 모았다. 그는 채집한 식물이 커다란 자루 네 개를 채운 뒤에야 보트를 타고 알라이네섬으로 되돌아갔다.

"서쪽 만에 자리를 잡고 낮짝과 내가 도착할 때까지

기다려." 비요르켄이 라스릴에게 명령했다. "아무에게도 발각되지 않게 주의하고."

낮짝과 비요르켄은 라스릴이 사라지자마자 바느질을 시작했다. 밤을 새우고 아침이 다 가도록 열심히 바느질한 덕분에 오후가 되자 곰 가죽 안에 라스릴이 채집한 풀을 채운 인형 두 개가 완성되었다.

"힘이 좀 없어 보여." 곰의 축 늘어진 입술 속에서 낮짝이 짐승의 머리를 어렵게 조정하며 말했다.

"괜찮아. 미국에서부터 걸어온 놈이잖아. 그러니 얼마나 피곤하고 배가 고프겠어?"

비요르켄은 여우처럼 교활한 미소를 지으며 앞발을 어디에 둬야 할지 몰라 몸을 살짝 앞으로 기울인 곰을 만족스러운 표정으로 바라보았다.

호르센스의 요리사는 맥주와 증류주에 둘러싸여 주먹을 쥔 채 붉은색 침낭 속에서 고요히 잠들어 있었다. 그런데 요리사의 머리 위로 난데없이 하늘이 내려앉았다. 텐트가 납작하게 눌리고, 야생동물의 무시무시한 울음소리가 들려왔다. 요리사는 등에 난폭한 가격을 입고 꿈에서 빠져나왔다. 그가 두려움에 떨며 외마디 비명을 질렀다. 텐트 안에서 발버둥 치는 요리사의 딸꾹질

소리가 청명한 밤하늘 위로 낭랑히 울려 퍼졌다. 요리사는 텐트를 지탱하고 있던 말뚝이 뽑히자 가까스로 탈출에 성공했다. 그런데 눈앞에 끔찍한 광경이 펼쳐졌다. 커다란 곰 두 마리가 아가리를 쫙 벌린 채 쓰러진 텐트 위에 널브러져 있었던 것이다. 곰들은 으르렁거리고 울부짖으며 텐트 아래 처박힌 맥주 상자 위로 달려들었다.

요리사는 북극의 휘몰아치는 눈보라처럼 뒤도 한 번 안 돌아보고 히스 위를 날 듯이 도망쳤다.

낮짝과 비요르켄이 텐트 안으로 들어갔다.

"넌 증류주를 맡아." 비요르켄이 소리쳤다. "난 곰을 맡을게."

그린란드 북동부의 역사상 알라이네섬에서 그토록 짧은 시간 안에 그렇게 많은 증류주가 그렇게도 먼 거리를 이동한 적은 없었다. 어느 아름다운 여름날의 일이었다. 그런데 비요르켄과 낮짝이 곰 탈을 쓰고 약탈 행위를 벌이는 동안 라스릴이 하마터면 일을 망칠 뻔했다. 그는 해변에서 땅 위를 이상하게 이동하는 곰을 한 마리 포착했다. 그래도 활공하는 곰을 보고 놀라지는 않았다. 북극에서 이미 몇 해를 보내며 여러 차례 기괴한 현상을 목격한 탓이었다. 라스릴은 공중 곡예를 하는 곰을 향해 총을 겨누고, 발사했다. 총알은 곰의 머리를 관

통했고, 비요르켄은 얼굴 위로 우박처럼 떨어지는 곰의 부서진 이빨 파편 사이로 시야를 다퉈야 했다.

라스릴은 총을 맞고도 비틀거리지 않고 제 갈 길을 가는 곰을 보고 놀랐다. 그가 총을 내렸다. 그런데 곰의 울음소리가 어쩐지 비요르켄의 목소리와 비슷했다.

"젠장, 무슨 짓이야? 하다 하다 이제 기지 대장한테 총까지 쏴?"

비요르켄과 친구들은 술과 거대한 곰 두 마리를 작은 보트에 한가득 싣고 섬을 빠져나왔다. 요리사가 산악회 회원들에게 곰의 습격과 암울한 피해 상황을 알리기도 전이었다. 비요르켄보르에 도착한 그들은 귀중품을 다락에 숨기고, 맹꽁이자물쇠로 현문을 잠갔다. 열쇠는 끈에 매달아 기지 대장의 목에 둘렀다. 라스릴은 그날 저녁, 평소대로 거실에 놓인 자기 침대로 복귀했다.

그린란드 북동부에서는 기묘한 일들이 심심찮게 일어났다. 그중에서도 가장 이상한 일은 어떻게 전해지는지 도저히 과정을 알아낼 수 없는, 소식의 발 빠른 전달이었다. 무슨 일이 어디서 일어나든 소문은 빠른 속도로 연안에 퍼졌고, 얼마 못 가 사냥꾼 모두가 사건의 진상과 경위를 꿰뚫게 되었다.

비요르켄보르에 대량의 독주가 비축되어 있다는 소문도 마지막 술병이 다락방에 감금되기도 전에 북쪽의 로스만에서 남쪽의 하우나에 이르기까지 연안 전체에 고루 퍼졌다. 이어 일주일 내내 '일이 어떻게 된 건지 살짝 보고만 오자'는 목마른 한량들을 태우고 수 척의 배가 줄지어 비요르켄보르에 도착했다.

톰슨곶의 검은 머리 빌리암과 매스 매슨이 전속력으로 달려와 올슨 선장의 낡은 배가 얼음을 깨며 온다는 소식을 전했을 때는, 성급한 사내 한 무리가 이미 비요르켄보르에 모인 뒤였다. 탐험대를 데려오려고 비요르켄이 알라이네섬으로 출항하자, 약속이라도 한 듯 수많은 배가 그 뒤를 따랐다.

해변에 나온 산악회 회원들은 검약한 음주 생활로 머리가 맑은 상태였다. 그들은 요리사가 겪은 곰의 끔찍한 습격과 탐험대 소유의 증류주 약탈 소식을 전했다. 모두 맥주를 노린 곰들이 다시 찾아올지도 모른다는 두려움에 몹시 시달린 얼굴이었다. 하지만 창립 1897년에 빛나는 즐거운 덴마크 산악회가 전례 없는 기록으로 단시간에 목적을 달성했다고 자랑을 빼놓지 않았다. 알라이네 정상만큼 오르기 쉬운 곳도 없었다는 말도 잊지 않았다.

비요르켄과 친구들은 연민 어린 마음으로 그들의 말에 귀를 기울였다. 프레데릭센의 말이 끝난 후, 비요르켄이 입을 열었다.

"내가 말했잖아요. 곰에 맞서 술을 잘 지켜야 한다고. 그놈들은 미국에서 캐나다의 툰드라를 거쳐 여기까지 왔어요. 아주 교활하죠. 도시를 지나며 죄 없는 사람들을 겁주는 나쁜 버릇까지 생겼거든요. 그래도 다행히 우린 미국에서 온 무리를 쉽게 구별할 수 있어요. 녀석들은 주로 증류주와 맥주를 훔쳐요. 여기 사는 우리 곰들은 상자 몇 개를 부수고, 요리사를 위협하고, 취해서 갈지자로 걷는 게 고작이지만, 미국 곰은 술을 아예 병째 훔쳐 가죠. 그런 점에서 볼 때, 미국 곰들은 굉장히 독특하다고 할 수 있어요. 그래도 우린 우리의 허접한 막사를 부서뜨린 게 우리 곰인지 외국 곰인지 곧바로 알아낼 수 있어요. 음식 상자를 보면 금세 알 수 있거든요. 우리 곰들은 바닥에서 펄쩍 뛰어올라 한 발로 상자를 쳐요. 그리고 상자 안에 든 물건들을 납작하게 눌러버리죠. 반대로 미국 곰들은 상자를 가슴께에 들고 손가락으로 뚜껑을 잡아서 으스러뜨려요. 그리고 상자가 열리기도 전에 내용물을 아가리에 처넣죠."

비요르켄보르에서의 작별 만찬은 조심스럽게 이루어졌다. 집에서 만든 술이 부족했고, 싸구려 술통도 이미 텅 빈 까닭이었다. 이에 비요르켄은 기지 이름을 걸고 미국 놈이라고 자신한 커다란 곰 가죽 한 장을 탐험대에게 증정했다. 그래도 분위기는 좋은 의미에서 볼 때 명랑함을 넘어서진 못했지만, 프레데릭센은 곰 가죽을 산악회 사무실 벽에 걸어놓고, 황동으로 작은 명패를 만들어 그 위에 고귀한 기증자의 이름을 새겨 넣겠다고 했다.

라스릴은 잔치가 벌어지는 동안 홀연히 자취를 감추었다. 그러더니 산악회 회원들이 베슬 마리호에 오른 뒤에야 모터보트를 타고 헐레벌떡 나타났다. 그가 소리치며 두 팔을 휘둘렀다. 낡은 배의 이목을 끌려는 눈치였다.

사냥꾼들은 해변에 서서 베슬 마리호 옆에 모터보트를 대는 라스릴을 관찰했다. 비요르켄은 자기 제자가 무슨 짓을 벌이는지 친구들에게 알려주려고 쌍안경을 눈에 가져다 댔다.

"라스릴이 프레데릭센에게 뭔가를 주고 있어." 비요르켄이 설명했다. "그리고 뭐라고 하는데, 안 들려."

그의 눈이 쌍안경의 유리알에 찰싹 달라붙었다.

"프레데릭센이 라스릴의 선물을 좋아하지 않는 것 같아. 얼굴이 벌게져서 성난 황소처럼 발을 구르는데. 저런,

라스릴의 면상에 물건을 내던지기까지 했어."

비요르켄이 매스 매슨에게 쌍안경을 건넸다.

"라스릴이 굉장히 당황한 것 같아. 울기 직전인데. 녀석이 오면 무슨 일인지 물어봐야겠다."

매스 매슨이 말했다.

라스릴이 지면을 스치며 해변에 오르자마자 그가 물었다.

"산악회 회원들을 기쁘게 해주고 싶었어요." 젊은 사냥꾼이 코를 훌쩍였다. "그래서 그들이 잃어버린 게 없는지 확인하려고 알라이네 정상까지 올라갔는데, 산꼭대기에 구리판이 징에 박혀 있잖아요."

비요르켄은 라스릴이 건넨 작은 놋쇠 판을 받아들었다.

팻말에는 다음과 같은 문구가 적혀 있었다.

창립 1897년에 빛나는 즐거운 덴마크 산악회가 1936년 여름, 알라이네를 등반한 것을 기념하며 이 팻말을 두고 감.

기지 대장은 생각에 잠겨 제자를 바라보았다.

"흠, 그러니까 프레데릭센이 이걸 받고 싶어 하지 않았단 말이지?"

"나를 불한당 취급했어요. 더 심한 건……." 라스릴

이 울음을 터뜨렸다.

비요르켄은 라스릴에게 팻말을 돌려주었다.

"친구, 이 팻말을 침대 머리맡에 잘 박아두도록 해. 그리고 저 아래 세상에서 온 작자들이 얼마나 고마워할 줄 모르는 인간들인지 영원히 잊지 마."

비요르켄은 제자를 다독인 뒤, 아이슬란드 스웨터 안을 뒤졌다. 그리고 가슴에 새긴 세 돛 범선의 돛 사이에 다락방 현문 열쇠가 안전하게 있음을 확인하고, 환하게 미소 지었다. 그가 두 팔을 활짝 펴고 소리쳤다.

"친구들, 어서 들어와. 이제부터 내가 비요르켄보르의 이름을 걸고 진짜 귀한 술을 대접할게. 배가 떠난 걸 기념해야지. 안 그래?"

바다 이야기

—

이번 장에서 올슨은 "타고난 천성은
어쩔 수 없다"라는 오래된 격언을 예
증하게 된다

행복한 한 해가 지나갔다. 관례가 되려면 행복한 해가
반복되어야 하지만, 올슨 선장은 미소를 지었다. 올 한
해 그는 스코레스비순드*로 화물을 한가득 실어 날랐
고, 항해하는 내내 유료 승객들을 유숙시켰다. 그린란
드 북동부에서 돌아올 때는 바다표범 기름과 그럴듯한

---

* 그린란드 중동부 해안에 있는 도시로 1925년 이누이트와 덴마크인이 건설
  했다.

가죽을 배에 꽉 차게 적재했다. 계산이 맞다면, 그간 올린 수입 중 최고였다. 어두컴컴하던 올슨의 영혼이 환해졌다. 언젠가부터 그는 은퇴 후 올레순에 작은 집 한 채를 장만해 낡은 베슬 마리호를 떠날 생각을 해왔다.

서쪽 빙하에서의 봄 사냥은 참담했다. 표류하는 얼음덩이와 폭풍, 그 외 여러 난관 때문이었다. 쌍안경으로 최대한 멀리 내다봐도 개체 수가 급격히 줄어든 바다표범도 문제였다. 노르웨이 사냥꾼들이 말하듯, 어느 모로 보나 진정한 '늙은 에리크*'의 여행이었다.

이런 이유로 올슨은 코펜하겐으로 선미를 돌리며 안도했다. 코펜하겐의 트란그라벤에서는 별명이 '고래기름 구멍'인 선착장에서 스코레스비순드로 갈 화물을 최대한 많이 적재했다. 출발 당일에는 승객을 배에 태웠다. 승객은 아마추어 인류학자이자 스웨덴 귀족인 릴리 에호른 백작 부인이었다.

꽃다운 나이의 백작 부인은 작은 키에 틀어 올린 머리, 레이스, 드레스 자락 주름, 싸구려 장신구가 이목을 끄는 여자였다. 백작 부인의 운전기사가 배와 부두를 연결

---

* 노르웨이의 옛날이야기에 등장하는 사탄의 다른 이름.

하는 다리를 건너 커다란 여행 가방 네 개를 들고 당도하자, 올슨 선장은 마음이 요동치며 황송함에 얼굴을 붉혔다. 베슬 마리호는 이미 귀족과 항해한 전적이 있었다. 레이디 헤르타와 그로버만의 백작이 바로 그들이었다. 그러나 이렇게까지 화장을 진하게 한, 순도 100퍼센트의 진짜 귀족과의 여행은 처음이었다. 이에 뚱뚱한 뱃사람은 옴짝달싹 못 하고 사냥감 냄새를 맡은 개처럼 코를 킁킁거렸다. 백작 부인 근처에서는 이국적인, 뭔가 색다른 냄새가 났다. 선장은 냄새의 정체를 알아내려 노력했지만 결국 실패했다.

백작 부인은 친절하고 상냥한 여자였다. 사실이 그랬다. 그녀는 자기가 선실로 사용하는 올슨의 응접실에 관해 흠을 잡지 않았고, 배에서 내는 음식을 군말 없이 먹어서 요리사의 환심을 샀다. 딱 하나, 괴벽이 있기는 했다. 식사 때마다 자기 소유의 깨끗한 사기그릇과 식탁 세트를 고집했고, 적포도주를 곁들였다. 아페리티프로 매일 저녁 진 토닉을 마셨고, 해 질 무렵에는 선다우너를 홀짝였다. 그런데 베슬 마리호가 북쪽으로 올라갈수록 일몰 소요 시간이 길어져서 마시는 술의 양이 늘어났다. 이어지는 북상으로 마침내 저야 할 해가 사라지자 선다우너 타임은 무한정 길어졌다.

스코레스비순드까지 가는 여정은 기쁨 그 자체였다. 날씨는 더없이 평화롭고 고요했다. 잔잔한 파도가 뚱뚱한 베슬 마리호 아래로 맥없이 미끄러져 들어갔다. 백자 부인은 건강을 위해 매일 아침과 오후에 갑판을 산책했다. 그때마다 조종실을 지나 오른쪽으로 길을 꺾었다. 올슨은 그녀가 앞을 지나칠 때마다 당직 선원 뒤에서 인사를 건네며 당혹감에 몸을 비틀었다.

그는 항해하는 동안 자신에게 찾아든 야릇한 변화에 굴복했다. 매일 보란 듯 흰 셔츠에 칼처럼 앞줄을 세운 유니폼을 입었고, 넥타이를 매고, 미소 짓고, 굽실굽실 절하고, 문을 잡아주고, 심한 욕설로 일관했던 평소의 말투를 자제했다. 불평 없이 적포도주를 마시고, 평소 즐기던 노간주나무주 대신 진 토닉을 홀짝이기도 했다. 그런 올슨을 두고 선원들은 걱정이 태산이었다. 배의 기관사이자 부선장인 비요른손이 보다 못해 복잡한 심경을 토로했다.

"악마가 씌었어. 늙다리 뱃사람은 이제 끝났어. 얼마 안 가 백작만큼 귀족적으로 변해서 여자와 살림을 차릴 테니까. 결혼의 고삐에 묶여 꼼짝 못 하게 될 거야. 흥, 그러다 인형처럼 괴상한 치장을 하고, 결국에는 성을 관리하는 머슴이 되겠지. 이봐, 내가 장담하는데 우리의 늙은 올슨에게 정오의 악마[*]가 작업을 건 게 틀림없어."

스코레스비순드에 도착한 뒤 올슨은 백작 부인을 대동하고 육지로 나가, 해외 상관의 관리인 집에서 차를 마시며 아버지 같은 표정으로 코흘리개 에스키모의 뺨을 쓰다듬었다. 해외 상관은 열의를 갖고 자국민을 관찰했고, 올슨이 여자의 환심을 사려고 손바닥만 한 양산을 예쁘장한 여자의 얼굴 위로 받쳐 드는 동안, 표지에 자수를 놓은 작은 노트에 관찰한 내용과 감상을 써넣었다.

올슨은 자기가 사랑에 빠졌음을 알았다. 북위 70도 혹은 72도 부근이었다. 이와 동시에 백작 부인이 선장인 자기에게 하듯 부선장의 시중을 즐겁게 받는다는 사실을 알고 적잖이 당황했다. 부선장과 그는 똑같이 저급한 말을 지껄였고, 매일 저녁 펀치를 마셨으며 수치심도 없이 응접실의 현창 밑 승강구에 방광을 비웠다. 그런데도 올슨의 눈에는 백작 부인이 뚱뚱이 부선장을 자기보다 좋아하는 듯 보였다. 게다가 부선장을 훨씬 세련된

---

[*] 낮 12시쯤 불행한 사람들과 절망한 사람들에게 여러 가지 현상으로 나타나는 악마.

문명인으로 여기는 것 같았다.

올슨은 야메손 일대의 긴 해안을 따라갔다. 그러면서 노련한 선장답게, 배의 구리 바닥에 긁힌 자국 하나 남기지 않고 바다의 드넓은 품으로 침투했다. 하지만 톰슨곶에 도착해서는 매스 매슨을 크게 걱정시켰다. 올슨은 여느 때와 달리 입에 미소를 달고 다니며 상냥하게 굴었다. 여우 가죽의 등급을 매길 때에는 건성으로 이등 상품을 최상품으로 선별해 넣고, 작은 페데르센이 유럽으로 휴가를 떠나고 싶다고 말했을 때는 선금을 요구하는 것조차 잊었다.

선장은 예전의 그가 아니었다. 이등 상품 가죽이 배에 오르는데도 아랑곳하지 않았고, 백작 부인의 꽁무니를 쫓아다니느라 여념이 없었다. 백작 부인과 선장은 톰슨곶 일대를 탐색하며 오래된 에스키모 무덤을 파헤쳤다. 무덤 속에 고이 잠든 두개골 두 개를 발굴하고 나서는 유골을 포장해 비스킷 상자에 넣어서 공기가 통하지 않게 납땜했다. 뱃사람 올슨에게 화석화된 고래 목뼈를 발견하는 행운도 찾아왔다. 그는 선원 넷과 도르래의 힘을 빌려 어려움 없이 고래 목뼈를 뱃전으로 끌어 올렸다. 백작 부인이 노트에 그린란드 북동부에서 얻은 성과를 제멋대로인 글씨로 갈겨쓰는 사이, 올슨은 작은 양산을 받치고 부지런히 모기들을 쫓아냈다.

출항에 앞서 올슨은 볼메르센 변호사를 찾아갔다. 백작 부인에게 청혼할 의사가 있었기에 이런 종류의 결혼이 법적으로 복잡한 문제를 초래하지는 않는지 묻고 싶어서였다.

볼메르센은 밤새 올슨의 일에 대해 깊이 숙고했다. 그리고 두 사람의 결혼에 장애가 없다는 결론에 도달했다. 백작 부인은 예뻤다. 게다가 여행 가방을 네 개나 끌고 다니고, 사기그릇과 은으로 된 식탁 세트를 사용하고, 배에서 줄곧 포도주를 마시는 등 부유하다는 증거도 많았다. 그런 백작 부인과의 결혼이 올슨에게 해가 될 리 없었다.

선장이 후미진 곳에 이르자마자, 볼메르센이 자신의 의사를 전했다. 올슨을 시기하는 사람은 없었다. 매스매슨은 결혼이 탈장이나 치질처럼 숨통을 조이는 지병이라며 어설프게 조롱했고, 안톤은 올슨이 백작 부인과 무사히 결혼에 이를 수 있도록 여덟 줄의 시를 써줬다. 밸프레드만이 장시간 선장과 허심탄회하게 대화를 나눈 뒤, 진심으로 축하했다. 그는 진짜 숙녀에게서는 오래 가시지 않는 양배추 냄새가 난다며, 백작 부인과 같은 요조숙녀를 만난 사실을 축하했다.

베슬 마리호는 올슨이 요정을 유혹할 용기도 내기 전에 서둘러 출항했다. 이에 그린란드 북동부 주민들은 크게 실망했다. 올슨의 청혼을 화제로 대화를 나누며 겨울을 날 기회를 놓친 탓이었다.

출항을 알리는 안개 고동이 예년보다 크게 울려 퍼졌다. 올슨 선장은 백작 부인 옆에 서서 기지 앞 벤치에 앉은 사냥꾼들이 벽에 찍힌 열세 개의 작은 점처럼 작아질 때까지 오랫동안 손을 흔들었다.

해안에서 1만 킬로미터 정도 멀어졌을 무렵, 베슬 마리호는 빙하를 만났다. 얼음이 두껍기는 했지만 올슨의 항해에 방해가 될 정도로 조밀하지는 않았다. 그는 술통 위에 서서 하늘을 올려다보며 백작이 라벨 붙은 포도주 향을 음미하듯 영감을 얻으려 눈을 감았다. 잠시후, 그가 키잡이 선원에게 외쳤다. 선장의 명령에 작은 배는 길게 늘어선 빙하를 천천히 가르며 전진했다.

올슨은 작은 페데르센을 응접실로 초대하고는 몹시 후회했다. 백작 부인이 페데르센을 '우리의 사랑하는 모피 사냥꾼'이라고 불렀기 때문이다. 이에 페데르센은 뜻밖의 존중을 받는 느낌이 들었다. 그는 그린란드에 오기 전까지만 해도 질질 짜는 옷 가게 점원이었다.

베슬 마리호가 빙하에 갇힌 저녁, 올슨은 술통에서 내

려와 결심한 듯 응접실로 걸음을 옮겼다. 그가 백작 부인의 발치에 무릎을 꿇으며 탄식했다. 안톤이 쓴 아름다운 시를 낭독하기 위해서였다. 그런데 그만 낭독을 시작하기도 전에 말을 더듬었다. 시의 마지막에 이르러서는 벌컥 문이 열리며 작은 페데르센이 고개를 들이밀었다. 그리고 올슨을 보고 한바탕 웃음을 터뜨리더니 미안했는지 한 차례 사과하고, 흥분한 얼굴로 턱수염 바다표범이 빙하 위를 기어 다닌다고 말했다. 그리고 배에서 내려가 문제의 짐승을 죽이겠다고 고집을 부렸다. 바다표범 가죽으로 따뜻하고 멋진 침대 깔개를 만들어 백작 부인에게 선물하기 위해서였다.

올슨은 투덜거리며 허가를 내리고, 백작 부인을 따라 갑판으로 나갔다. 사랑하는 여인이 흥미진진한 사냥 현장을 직접 목격하고 싶어 한 까닭이었다.

페데르센은 고난도의 사형 집행을 시작했다. 먼저 네 발로 얼음 위를 기어갔다. 그런 다음, 등을 바닥에 대고 누워 바다표범이 동족이라고 믿게끔 팔다리를 떨었다. 백작 부인은 '그녀의 사랑하는 모피 사냥꾼이 자기에게 침대 깔개를 바치려고 용감하게 목숨을 걸었다'며 박수갈채를 보냈고, 올슨은 쓴 미소를 지었다.

마침내 페데르센이 바다표범 머리에 총알을 박았다.

그때였다. 갑자기 거센 바람이 일었다. 돌풍에 이어 또 다른 돌풍이 불었고, 세찬 바람이 빙하를 동쪽으로 밀어냈다. 올슨은 백작 부인에게 용서를 구하고 술통 위로 올라가 상황을 살폈다.

북극에서는 이렇게 곧잘 많은 일이 갑자기 일어났다. 그리고 이번에는 바람과 유수가 빙하를 노래하게 했다. 올슨은 그 노래를 싫어했다. 페데르센이 간신히 바다표범을 잡아 배 위로 끌어 올리자 빙하가 간격을 좁히기 시작했다. 백작 부인은 갑판에 서서 눈앞에서 펼쳐지는 광경을 탐욕스럽게 관찰했다. 분개한 빙판들이 서로의 등을 밟으며 들고일어났다. 크기가 작은 것들은 큰 빙판에 깔려 부서지고, 작은 빙판을 부순 큰 빙판은 자기보다 더 큰 빙판에 깔려 가루가 되었다. 1톤이 넘는 무거운 얼음 조각들이 피오르에서 굉음을 내며 떨어졌다. 그 바람에 베슬 마리호가 물 밖으로 튕겨 오르며 대기 중으로 들어 올려졌다. 배가 우현으로 기울어지며 올슨을 술통 밖으로 추방했다. 그러더니 다시 중심을 잡으려는 듯 좌현으로 기울어지기 시작했다. 순간, 쿵 하며 작은 빙산 하나가 흘수선 바로 위에 처박혔다.

올슨이 간신히 중심을 잡고 몸을 일으켰다.

"우라질 놈." 그가 빙산에 대고 소리쳤다. "그것도

터진 눈깔이라고 달고 다니냐?"

빙산이 충격에 뒤로 밀리며 배가 얼음덩이 속으로 들어갔다.

"내 배를 죽일 생각이야?"

올슨은 빙산을 주먹으로 위협했다. 백작 부인은 입가에 혼란스러운 미소를 지으며 온 힘을 다해 갑판 난간을 붙잡았다.

"모두 갑판으로 가!" 올슨이 소리쳤다. "서둘러, 이 멍청이들아, 여자가 저기 있어!"

작은 페데르센이 사다리를 타고 갑판으로 올라가 백작 부인에게 손을 내밀었다.

"마담, 얼음 위로 내려가야 해요." 그가 말했다. "선장의 명령이에요."

백작 부인이 고개를 저었다.

"미안해요, 모피 사냥꾼 선생." 그녀가 정중하게 사양했다. "그런데 못 하겠어요. 반장화를 신지만 않았어도 가능하겠지만!"

배 아래 얼음 위에서 올슨이 울부짖었다.

"어떻게 됐어, 잘됐어? 아니야? 제기랄!"

작은 페데르센이 배 위로 몸을 기울였다.

"못 하겠대. 제대로 된 신발이 아니라서 내려갈 수 없대."

올슨 선장의 얼굴이 진홍색으로 물들었다. 세 차례에 걸쳐 멀리 가래침을 뱉고 난 뒤, 그가 소리쳤다.

"여잘 때려눕혀! 명령이야!"

페데르센은 백작 부인의 손을 잡고 갑판을 가로질렀다. 그리고 용서를 구하며 그녀를 들어 올렸다. 올슨이 고함쳤다.

"던져!"

백작 부인은 뱃전 위로 이리저리 옮겨져 마침내 올슨의 품에 착륙했다. 올슨은 부인을 조심스럽게 내려놓고, 피해 상황을 조사하러 갔다. 커다랗게 아가리를 벌린 배를 보고 나서야 그는 상황이 얼마나 심각한지 알았다. 올슨이 격분해서 이성을 잃고 고래고래 고함쳤다.

"이런 젠장, 펌프 후미 부분이야!"

올슨이 모자를 벗어 던지고 발을 굴렀다.

"배가 빙하에서 내려가는 즉시 우린 다 바닷속에 가라앉을 거야."

릴리에호른 백작 부인은 그림처럼 빙하 한가운데 서서 호기심 어린 눈으로 선장을 관찰했다. 선원들은 노발대발하는 미치광이 선장으로부터 적당한 거리를 두고 정렬해 있었다.

올슨이 으르렁거리며 건방지게 코웃음 치는 구멍 앞

을 서성였다. 녹청색의 피복 판이 파열되어 있었다. 멀리 바다표범 기름을 넣어둔 통 위로 스코레스비순드가 보였다.

바람은 부드러워지지 않았고, 빙하의 압박도 그대로였다. 낡은 배는 거대한 빙하 두 개 사이에 단단히 끼어 꼼짝할 생각을 안 했다. 올슨은 소년 수습 선원을 뱃전으로 보내 종이와 뭐든 쓸 수 있는 것을 가져오라고 명했다. 수습 선원이 돌아오자, 그는 투덜거리며 백작 부인 옆에 앉아서 계산을 하기 시작했다. 배는 이제 안전하지 않았다. 빙하 위에 올라앉아 있는 지금은 그래도 나았지만, 밤새 배가 물살에 떠내려가기라도 하면 큰일이었다. 배 위의 가죽과 그 밖의 다른 재물을 모두 포기해야 할지도 몰랐다. 그는 셈하고, 정정하고, 한숨 쉬고, 불안한 듯 연필을 빨았다.

"젠장, 난 못 해! 10년이 걸려도 이만큼 많은 가죽을 사냥할 순 없어. 빌어먹을!"

"내 친구, 뭐가 잘못되었어요?"

백작 부인이 올슨의 팔에 한 손을 올렸다.

올슨의 입에서 연필이 떨어졌다. 백작 부인의 깊고 파란 눈이 그를 시험에 들게 했다. 그녀의 눈동자는 올레순 위도에서 보낸 여름밤의 바다색과 정확히 일치했다.

'내 친구!'라는 말이 긴 여운을 남기며 마음속에서 메아리쳤다. 선장은 두 번째로 무릎을 꿇었다. 그리고 열정적으로 안톤의 시를 읊기 시작했다. 선원들과 작은 페데르센은 놀라서 입을 쫙 벌리고 올슨을 바라보았다. 부선장 비요른손은 선장의 청혼에 부르르 몸을 떨었다. 백작 부인이 부드러운 목소리로 "네"라고 종알거렸을 때는 피가 차갑게 얼어붙었다. 백작 부인은 충직한 늙은 개를 대하듯 올슨의 머리를 다정하게 쓰다듬었다. 부인이 말했다.

"내 친구, 나도 당신과 결혼하고 싶어요. 시도 참 아름다워요. 물론 당신이 쓴 거겠지요. 믿어요. 하지만 난 시를 읊는 당신보다 '염병'이나 '빌어먹을'이라고 소리치는 당신이 더 좋아요."

올슨은 마음이 놓여 활짝 웃었다. 그러자 콧수염이 양 갈래로 쫙 벌어졌다. 그가 자리에서 일어나 백작 부인의 뺨을 다정하게 꼬집었다. 그러고는 돌이 된 관중을 향해 고개를 돌렸다.

"젠장, 모두 뭘 그렇게 봐? 빌어먹을, 쥐새끼 같은 놈들! 제기랄, 왜 날 그렇게 보냐? 염병할, 서둘러, 어서!"

올슨이 앞으로 걸음을 옮기자 선원들이 흠칫하며 뒤로 물러났다. 이어 안도의 한숨이 모두를 훑고 지나갔다. 겉만 번지르르한 감언이설이 이제 끝났기 때문이다. 올슨은 뚱뚱한 배로 부선장을 떠밀었다.

"그렇게 소처럼 눈만 끔뻑이지 말고, 이제 저 몹쓸 구멍을 막아. 알겠어? 얼른 올라가! 릴리에호른 백작 부인이 이제 올레순으로 가서 마담 올슨이 되어야 하니까. 모두 알아들었어?"

작은 페데르센은 이듬해 올슨 이야기와 함께 그린란드 북동부로 돌아왔다. 그가 말했다.

"올슨은 진짜 결혼했어. 잠잠해진 날씨 덕분에 우리 모두 빙하에서 빠져나와 무사히 덴마크로 돌아갈 수 있었거든. 트란그라벤으로 들어갈 때는 올슨이 갑판에 있었어. 놀라운 일이었지. 전에는 그런 적이 없었잖아. 진짜야. 백작 부인은 술통 위에 서서 잔뜩 모양을 냈고, 내가 잡은 턱수염 바다표범은 빙산 때문에 생긴 구멍을 막는 마개로 쓰였어. 백작 부인과 올슨은 올레순에서 결혼식을 올렸을 거야. 결혼 후 올슨은 이제껏 저축해둔 돈을 전부 스웨덴의 낡은 성에 쏟아부어야 했을 테고. 건물이 무너지지 않게 하려면 어쩔 수 없었겠지. 그가 옛날보다 더 투덜거리고, 훨씬 더 인색해진 건 아마 그래서일 거야."

매스 매슨은 생각에 잠겨 고개를 끄덕였다. 그러고는 입에서 파이프를 꺼내 장화 굽에 대고 두드렸다.

"우리 모두 신에게 감사해야겠어." 그가 조용히 말했다. "아니면 상사병에 걸려 최상품 여우 가죽과 이등 상품도 구분 못 하는 얼간이와 지금도 흥정하고 있었을 테니까."

유별난 우회

—

빙하를 초원처럼 횡단한 어느 풋내기
작가의 모험

안톤이 쓴 소설이 책으로 출간되었다. 따라서 그는 이
제 더는 아무나가 아니었다. 갑자기 많은 이가 그의 말
에 관심을 보이고 귀를 기울였다. 게스 그레이브에서 헤
르베르트의 시중을 들던 깡마른 코흘리개 시절에 비하
면 영향력이 꽤 커졌다. 책이 발간된 이후, 게스 그레이브
를 찾는 방문객 수도 급증했다. 그린란드 북동부의 사
냥꾼 모두가 슬쩍이라도 안톤의 저작물을 보고 싶어 했
고, 작가 선생의 말을 직접 듣고 싶어 했다.

안톤은 기쁜 마음으로 방문객들의 요구에 응했다.

그가 책에 관한 해설과 갖가지 번득이는 생각을 늘어놓는 사이, 기지 동료인 헤르베르트는 문학 간담회를 방해하지 않으려 발꿈치를 들고 종종걸음으로 방문객들에게 커피와 과자를 대접했다.

안톤의 책은 밸프레드가 예년보다 일찍 동면에서 깨어나 한센 중위와 게스 그레이브로 납실 정도로, 그린란드 북동부에 큰 반향을 일으켰다.

여행은 즐거웠다. 밸프레드는 게스 그레이브로 가는 동안 대부분의 시간을 썰매 위 모피 속에서 누워 지냈다. 그러다 가끔 개 목덜미를 긁어 독려하고, 한센의 썰매몰이꾼으로서의 탁월한 재능을 칭찬했다. 선잠을 자다 깨어난 뒤에는 종종 서정적이고 철학적이 되었다.

"한센, 신들의 고장이 있다면 그건 아마 여기일 거야."

한센 중위는 썰매 뒤를 힘차게 걸었다. 봄의 태양이 중위의 얼굴을 땀으로 흥건히 젖게 했다. 길고 뾰족한 콧수염이 콧구멍에서 돋아난 종유석 두 개를 중심으로 양쪽에서 들썩였다.

"참 이상해." 그가 중얼거렸다. "신이 버린 곳에서 살아보기 전까지는, 자기가 사는 곳이 곧 신이 사는 곳이라는 사실을 깨닫지 못해. 그래서 오랜 시간을 찾아 헤매지."

밸프레드가 고개를 들고 중위에게 미소 지었다.

"그게 바로 내가 말하려던 거야."

밸프레드는 한센과의 대화가 좋았다. 중위가 사람들의 말에 반대 의견을 내놓는 적이 드문 까닭이었다.

"어쩜 그렇게 나랑 똑같은 생각을 할 수 있지? '신이 버린'이라는 말이 내 머릿속에도 있었거든. 사실 난 신들이 우리 인간과 같다고 생각해. 그래서 신들도 집에 가만히 안 있는 거야."

중위가 썰매 뒷전으로 뛰어오르자 개들이 너무한다는 표정으로 고개를 돌렸다. 그러나 한센이 끝내 썰매에서 내리지 않자, 체념한 듯 다시 썰매를 끌었다.

"신이 우리 인간과 같다니, 그게 무슨 말이야, 밸프레드?"

중위는 채찍을 썰매 지주에 걸고 썰매 자루 위로 몸을 기울였다. 그러자 밸프레드가 가로로 누운 채 몸을 옆으로 돌렸다.

"아, 그거! 한센, 너도 알 거야. 한땐 너도 문명화된 사회에서 살았으니까. 그 시절에는 신과 더 멀었잖아, 안 그래? 신들이 우리와 달랐다면 세상은 아마 보다 덜 인간적이었을 거야."

한센은 말하기에 앞서 잠시 사색의 시간을 가졌다.

"밸프레드, 이해하기가 좀 어려워. 신들이 인간과 같다면 그럼 우리는, 우리도 신들과 같아?"

밸프레드가 조용히 웃었다. 더없이 매끈한 틀니 표면 위로 혀가 미끄러졌다.

"한센, 중요한 말을 했어. 그건 나도 생각해본 적이 없거든. 나는 사람들은 거의 다 저마다 좋아하는 장소가 있고, 늘 그곳을 그리워한다고 생각해. 상상의 장소든, 한때 살았던 곳이든, 되찾고 싶은 장소든 마찬가지지. 그건 아프리카일 수도 있고, 올란드거나 마르키즈제도일 수도 있어. 하지만 대부분은 자기가 사는 곳을 떠나지 않아. 꿈꾸는 것에 만족하면서, 죄다 끔찍한 일상에 매여 좋아하지도 않는 곳에서 살아. 한센, 이곳은 신들의 땅이야. 하지만 신들도 이곳에 자주 오지는 못해. 다른 데서 해야 할 일이 많으니까. 어쩌면 그래서 여기가 이렇게까지 신성하게 느껴지는지도 몰라."

한센은 생각에 잠겨 콧수염을 배배 꼬았다. 밸프레드의 느닷없는 철학이 모두 이해되지는 않았지만, 이쯤에서 만족하기로 하고 대답을 얼버무렸다.

"그럴 수도 있겠어. 전혀 불가능한 것만은 아닌 것 같아."

밸프레드는 행복한 미소를 지으며 여행 가방을 베고

사향소 가죽 위로 벌러덩 드러누웠다. 그는 한센처럼 생각이 개방적인 동료를 얻게 되어 무척 기뻤다.

밸프레드와 한센 중위가 게스 그레이브에 도착하자, 집주인들은 놀라서 행복한 비명을 지르며 방문객들을 따뜻하게 맞았다. 헤르베르트는 화장실 변기 뚜껑만큼이나 커다란 바다코끼리 스테이크를 굽고, 식사에 곁들여 백작의 라벨 붙은 포도주를 두 병이나 내왔다. 그로버만산 1931 샤블리였다. 북극의 순수함이 그대로 담긴 듯, 향이 무척 독특하고 매력적인 포도주였다. 저녁 식사를 마친 뒤, 모두는 식탁에 둘러앉아 볼메르센이 제조한 시가에 불을 붙였다. 그때 중위가 안톤을 화제의 중심으로 끌어 들였다.

"안톤, 소문 듣고 왔어. 네가 쓴 글이 출판되었다며?"

안톤은 겸손한 미소를 짓고 서재로 첫 간행물을 찾으러 갔다. 말하자면 거실 한 귀퉁이에 커다란 돛을 매달고, 책상 대신 바다표범 비계 통을 들여놓은 곳 말이다. 중위가 콧수염 끝을 매끄럽게 다듬었다.

"어떤 내용이야?" 그가 궁금해하며 물었다.

"사랑에 관한 거야." 헤르베르트가 안톤 대신 재빨리 대답했다. "사랑을 주제로 쓴 굉장히 섬세하고 아름다운 소설이지."

한센은 책을 받아 들고 책장을 넘겼다.

"좀 어렵긴 하지만 호감이 가는 주제야." 그가 침착한 어조로 말했다. "그런데 인쇄가 참 예쁘게 됐다."

한센이 밸프레드에게 책을 건넸다. 밸프레드는 저녁을 먹고 무겁게 내려앉는 눈을 달래려고 벌써 헤르베르트의 침대에 자리를 잡고 누워 있었다. 밸프레드는 첫 페이지와 마지막 페이지를 오래도록 들여다보았다.

"흔하게 볼 수 있는 책이 아니네." 그가 감탄했다. "안톤, 이게 도대체 얼마나 두꺼운 거야! 넌 나랑 같이 핌불에서 살던 때부터 정말 열심이었어."

옛 제자에게 밸프레드가 미소를 지어 보냈다.

"게다가 사랑에 관한 거라니! 헤, 헤, 정말 대단해. 그래, 사랑에 관한 한 너만큼 큰 곤란을 겪은 사람은 없겠지. 정말 잘했어. 바지를 내리고 남동풍에 맞서 달리기보다 역경을 딛고 글을 쓰는 게 훨씬 나아."

그가 손가락 마디로 책 표지를 튕겼다.

"안톤, 참 예쁘고 두꺼운 책이다. 이걸 어떻게 얻었어?"

"배와 같이 왔어."

밸프레드는 재빨리 책을 반납하고, 손가락을 헤르베르트의 이불에 대고 세심히 닦았다.

"그런데 책이 감기에 안 걸린 게 확실해?" 그가 물었다.

안톤이 기분 상한 얼굴로 밸프레드를 쳐다보았다. 이 둘은 늘 마음이 맞지 않았다.

"감기라니 그게 무슨 말이야?" 안톤이 물었다.

"안톤, 너무 기분 나빠 하지는 마. 책이 감기에 잘 걸려서 한 소리니까. 그것도 굉장히 전염성이 높은 감기에 걸리지. 그러니까 네가 이해해. 하지만 책이 온갖 병에 걸릴 수 있다는 건 기억해두는 게 좋을 거야. 그것도 행간마다 다른 병에 걸리거든. 돋보기로 보면 잘 보여. 그래서 말인데 지독한 전염병에 걸리고 싶지 않다면 건강을 위해서라도 책을 멀리하는 게 좋아. 이해가 안 되면 책을 읽을 때 네가 어땠는지를 생각해봐. 책을 읽은 다음 날 밤에는 끔찍한 망상에 사로잡혀 이런저런 불가능한 것들을 생각하느라 대가리가 쑤시는 채로 잠들잖아. 두 해 정도 여름에 책에 오염된 적이 있어서 나도 잘 알아. 그래서 한 말이야."

"책에 오염이 되었다고?" 안톤이 놀라 물었다.

"말하자면 그렇다는 거야. 조금 더 정확히 말하면 올슨이 식당의 해상도 안에 숨겨둔 럼주 때문이었고. 선장 몰래 내가 심각한 양을 들이켰거든. 그 일로 난 몹쓸 병에 걸려 겨우내 시달려야 했어."

"그런데 그게 책과 무슨 상관이야?" 안톤이 고개를 흔들며 이의를 제기했다.

중위가 관대한 표정으로 젊은 시인을 바라보았다.

"책에 전염성이 있다고 한 밸프레드의 말은 그 안에 적힌 글을 두고 얘기한 거야. 그런 점에서 볼 때, 책과 럼주 사이에는 큰 차이가 없지. 밸프레드의 말은 늘 생각이란 걸 하게 해. 다들 알겠지만 그래서 밸프레드의 말이 의미 있는 거고."

밸프레드는 이불 속에 누워 눈을 감고 미소 지었다. 언제나 그랬듯 그는 메시지를 던졌고, 한센이 대화를 발전시켰다.

안톤은 자리에서 일어나 서재로 들어갔다. 그리고 나무통에 앉아 책이 감기에 걸렸다고 가정하고, 깊은 숙고의 시간을 가졌다. 판단에 앞서 모든 가능성은 열어두었다. 작가라면 세상 모든 일에 마음이 열려 있어야 했다. 밸프레드는 얕은 생각을 생산해내는 데 비상한 재주가 있었다. 게다가 생각이 다르다고 그의 의견을 존중하지 않을 이유는 없었다. 감기에 걸린 책이라니! 어쩌면 그 안에는 코를 빨갛게 만들고 눈물을 찔끔거리게 하는 세균과는 다른 의미가 내포되어 있을지도 몰랐다. 생각을 마친 뒤 안톤이 커다란 돛을 젖히고 거실에 대고 소리쳤다.

"이번 여름에 난 유럽에 갈 거야."

안톤은 돛을 다시 내리고 다리 사이에 나무통을 끼웠다. 그리고 종이 위에 연필을 올려놓았다. 말의 부정적인 힘과 전염성을 주제로 시를 쓰기 위해서였다.

안톤은 그 뒤로도 곧잘 유럽에 가겠다고 말했지만, 아무도 그 말에 주의를 기울이지 않았다. 그러던 어느 날, 출판사가 무선전신으로 안톤의 신간을 출간하고 싶다는 의사를 밝혀왔다. 그제야 친구들은 안톤의 말이 쓸데없는 소리가 아니었음을 알았다. 발행인이 보낸 전보에는 안톤의 두 번째 저서로 시집을 발간하고 싶다는 말과 출간 일정에 맞춰 작가가 출석해주기를 바란다는 말이 적혀 있었다.

전보는 4월에 왔고, 안톤은 일이 순조롭게 진행된 덕에 한 달 내내 기뻐했다. 그런데 그 시기가 지나자, 겉으로 드러나지 않는 은밀한 걱정이 내면을 갉아먹기 시작했다. 그는 수많은 밤을 뜬눈으로 지새웠다. 어쩌다 잠깐 눈을 붙이기는 했지만, 그때마다 심장이 격하게 고동치며 온몸이 식은땀에 젖어 깨어나기 일쑤였다.

안톤은 작가답게 불안감이 어디서 연유하는지 분석

했다. 덫을 살피려고 해협까지 썰매를 타고 가던 날이었다. 그가 자기 자신을 엄격하게 꾸짖었다.

"안톤, 침착해. 이 얼간아! 이제 그럴 때도 됐잖아. 넌 대학 입시 자격시험에 합격했고, 사냥꾼 수업도 마쳤어. 게다가 시인이야. 그런데 뭘 두려워하지? 그래, 이건 기뻐할 일이야."

안톤은 자기 자신에게 숙제를 하나 냈다. 그것은 종일 즐거운 마음을 유지하는 것이었다. 빙하 위로 태양이 반짝이거나, 개들이 행복감에 취해 열정적으로 짖어대는 낮 동안에는 성공적으로 숙제를 마칠 수 있었다. 봄이었기 때문이다. 그러나 밤이 되면 모든 것이 달라졌다. 밤은 어김없이 찾아왔고, 매일 밤 그는 사냥 오두막이나 텐트 안에 누워 얼굴 없는 여인 미스 마킨이나 눈부신 엠마가 나타나는 환영에 시달렸다. 그래도 그녀들과의 관계는 그런대로 나쁘지 않았다. 모두 오랜 친구였기 때문이다. 하지만 연달아 떠오르는 또 다른 환영은 극복하기 힘들었다. 환영 속에서 그는 제멋대로 떠오르는 젊고 예쁜 낯선 여자들을 보았다. 그때마다 안톤은 놀라서 눈을 크게 떴다. 그녀들이 크고 천진한 눈으로 그를 뚫어지게 응시할 때는 차라리 눈을 감아야 했다. 환영에 시달릴 때마다 안톤은 식은땀을 쏟아내며 잠에서

깼고, 비프스테이크를 구워 마음을 진정시키려고 침낭에서 나와 주방으로 갔다.

안톤은 톰슨곶을 떠나기 전날 밤에야 자기가 겪는 어려움에 관해 친구들에게 털어놓았다. 친구들은 이야기에서 최대한 극적인 요소를 제거하고 안톤의 용기를 북돋기 위해 노력했다.

"그렇게 심각한 것 같지는 않아." 시워츠가 말했다. "지난번에 휴가 갔을 때 나도 여자 문제로 굉장히 힘들었거든. 젠장, 세일러 백과 총을 메고 사향소 가죽 하나를 목에 두르고서 스트란가데를 올라가는데, 정말 고통도 그런 고통이 없었어."

그가 생각에 잠겨 고개를 흔들었다.

"난 정말 배에서 나가고 싶지 않았고, 집으로 돌아오고만 싶었어. 바보가 된 것 같았거든. 하지만 안톤, 세상에는 언제나 너를 구원해주는 존재들이 있어. 저 위, 빅보스가 미리 다 예상하고 계획을 짠 것처럼. 왜냐하면 나한테도 그런 일이 일어났었거든. 일요일 아침이었고, 창백한 태양이 길게 그림자를 드리우고 있었지. 트란그라벤에서 출발해 길을 오르다 왼쪽으로 두 번째 식당이 있는 곳에 이르렀을 때였어. 식당 앞 의자에 웬 화사한 부인이 앉아 있었는데, 갑자기 내게 미소를 지어 보냈어.

잉크를 흡수하는 압지 같은 여자였지. 무슨 소린지 알겠어? 미소를 짓는 것 말고는 다른 아무 짓도 하지 않았는데, 내 안에 있던 근심 걱정이 싹 사라졌거든."

시워츠가 살짝 당황해서 멋쩍게 웃으며 덥수룩한 다갈색 머리카락을 헝클었다.

"정말 다른 일은 없었어?" 이미 천 번도 더 들은 이야기였지만, 빌리암이 기회를 놓치지 않고 물었다.

"아, 있기는 했지. 그 후에 내가 식당을 보름간 빌렸으니까. 여자랑 살림살이랑 같이." 시워츠가 대답했다.

그가 꿈꾸듯 천장을 응시했다.

"레우즈가 소금에 절여진 채로 나무통에 갇혀 미국으로 떠난 해였어. 그래서 난 잔뜩 의기소침해져 있었어."

피오르두르가 커다란 콧구멍을 벌리고 세차게 코를 풀었다.

"스트란가데에 정말 그런 식당이 있어? 살림살이와 화사한 여자를 빌릴 수 있는?" 그가 우울한 얼굴로 한숨을 내쉬었다. "거기서 잠도 잤어?"

"그럼, 매일 밤 잤어." 시워츠가 고개를 끄덕이며 말했다. "가끔은 낮에도 잤어. 사향소 가죽을 계산대 밑 생맥주가 나오는 수도꼭지 아래 펼쳐놓고."

"우라지게 좋은 휴가였네!"

검은 머리 빌리암이 고개를 흔들었다.

"그런데 나한텐 왜 그런 일이 일어나지 않았지? 왼쪽 두 번째 식당이 정확해?"

"트란그라벤에서 길을 오르다 왼쪽으로 두 번째에 있는 식당이었어. 틀림없어."

시워츠가 활짝 웃으며 고개를 들었다. 그가 격려차 안톤의 등을 토닥였다.

"안톤, 네게도 그럴 날이 올 거야. 저 위의 빅 보스가 너를 위해 봇짐 안에 숨겨둔 사탕이 분명 있을 거야. 사탕이 쏟아지면 넌 그냥 받아먹으면 돼. 마음에 안 들면 그냥 집에 오면 되고."

그렇게 해서 안톤은 베슬 마리호에 올랐다. 이것은 그해 그가 바깥 세계와 맺은 첫 번째 접촉이자, 약간의 운과 함께한 마지막 접촉이었다. 친구들은 집 앞 벤치에 앉아 쌍안경으로 안톤의 일거수일투족을 살피는 비요르켄의 해설에 귀를 기울였다.

"안톤이 술통 위에 올라갔어." 비요르켄이 알렸다. "팔을 휘두르며 우리한테 뭐라고 하는데?"

"분명 작별의 시일 거야. 똥강아지 같은 놈!" 헤르베르트가 감정에 겨워 한숨을 내쉬었다.

베슬 마리호는 만을 따라 나른하게 줄지어 누운 얼음을 요리조리 피하며 앞으로 나아갔다. 뜨거운 태양 아래서 얼음이 녹고 있었다. 백작과 볼메르센이 고독한 저녁에 원기를 불어넣을 시원한 음료를 내왔을 때는 배가 이미 수평선 너머로 사라지고 없었다. 녹지 않고 혼자 살아남아 출항 모습을 목격한 빙하 위로 검은 구름이 드리워지고 있었다.

밸프레드는 히스밭에 팔꿈치를 괴고 누워 만족스럽다는 듯 백작이 만든 펀치를 음미했다. 음료는 따뜻하고, 달고, 향기로웠다.

"아랫동네에서 지내는 시간이 안톤에게 쉽지만은 않을 거야." 그가 슬픈 어조로 말했다. "생각해 봐. 수평선을 높일 수 없는데 얼마나 고통스럽겠어."

늙은 사냥꾼들이 동의한다는 듯 고개를 끄덕이자, 밸프레드의 표현에 아직 완벽하게 적응하지 못한 작은 페데르센이 물었다.

"밸프레드, 수평선을 높인다는 게 무슨 뜻이야?"

밸프레드는 혀를 최대한 멀리 내밀어 거기 난 수염을 싹싹 핥았다. 그가 히스밭에 잔을 내려놓고 중위의 재킷을 말아 베고는 편안하게 누우며 말했다.

"아, 페데르센, 그건 말이야, 안을 비워야 할 때를 말하는 거야. 그럴 때는 우리 모두 해변에 나가 자리를 잡 잖아. 시워츠처럼 변소 주인이 아닌 이상, 어쩔 수 없는 일이지. 너도 경험해봐서 알겠지만, 해변에 나가서 마음 편히 속을 정화하면 기분이 정말 좋아져. 안을 비워낼 때 마다 수평선이 높아지니 얼마나 경이로워! 안톤은 이미 그런 시간과 친숙해졌어. 그리고 늘 그렇지만, 익숙한 것 들과 멀어진다는 건 엄청나게 큰 고통을 가져다주지.”

시워츠가 잔을 눈앞으로 들어 올리고 유리 너머로 풍 경을 응시했다. 그가 말했다.

“맞아, 우리 집에 변소가 있는데도 난 가끔 해변으로 나가 앉아. 모든 게 더없이 고요하기만 한 여름에는 더 자주 가서 안을 비워. 날씨도 따뜻하고 피오르 위로 펼 쳐진 풍경이 정말 멋지거든. 눈앞에 펼쳐진 광경을 감상 할 때는 너무 아름다워서 모기가 무는 것도 까먹어. 밸 프레드 말이 맞아. 오직 신만이 알겠지. 안톤이 뢰도브레 에서 평화롭게 수평선을 높일 장소를 찾아낼지는.”

사냥꾼들은 오랫동안 안톤을 화제로 이야기를 나누 었다. 헤르베르트가 큰 소리로 안톤의 소설을 낭독할 때는 얼굴 가득 아침 햇살을 맞으며 벤치에 앉아 졸기 시작했다.

안톤은 베슬 마리호에서 극빈 대접을 받았다. 올슨 선장은 코를 킁킁거리며 안톤에게서 나는 명성의 냄새를 맡았다. 그는 명성이 있는 곳에 언제나 돈이 따른다는 사실을 알았다. 들은 바에 따르면 유명 작가들은 수백만 크로네를 벌어들였다. 안톤이라고 유명해지지 말라는 법은 없었다.

한편, 안톤은 명예와 명성에는 관심이 전혀 없었다. 생각이 끊임없이 여자들 곁을 맴돌았기 때문이다. 엠마와 이미 할보르의 약혼녀가 된 미스 마킨을 두고 한 상상을 제외하고 그는 4년째 치마를 두른 존재 옆에 가지 못했다. 물론 여자들에 관해 글을 쓰고, 책 속에서 그녀들과 정열적인 사랑을 나누기는 했다. 그런데도 이상하게 그녀들이 끔찍하게 그리웠다. 베슬 마리호가 유럽과 간격을 좁히는 사이 꿈결 속 달콤한 삶은 냉혹한 현실로 뒤바뀌었고, 악몽으로 변했다.

안톤은 간이침대에 누워 빙하가 배에 부딪히며 긁히는 소리를 들었다. 그리고 도망칠 수 없는 상념에 식은 땀을 흘렸다. 공포감은 점점 더 세력을 넓혀서 안톤을 무기력하게 마비시켰다. 사방이 빙하로 둘러싸인 바다 한가운데서 사흘째 보낸 밤의 일이었다. 안톤은 침대에서 뛰쳐나와 선실 밖으로 나갔다. 그리고 돌이킬 수 없는 결심을 하고 말았다.

"올슨, 항해를 멈추고 당장 나를 내려줘요." 그가 갑판에 있던 선장을 보자마자 숨을 몰아쉬며 말했다. "그럴 수 있죠?"

올슨은 놀란 눈으로 시인을 바라보았다. 그러고는 눈살을 찌푸리고 닳아 반들거리는 챙 모자를 뒤로 벗어던졌다.

'시한부 현기증이야.' 그가 생각했다.

시한부 현기증은 여행하는 동안 왔다가 가는 일시적 증상으로, 익숙한 일상을 떠나 정신적으로 쇠약해졌을 때 찾아왔다.

"이런, 안톤, 배에서 벌써 내려가고 싶어졌어?"

올슨은 힐끔거리며 뱃머리 너머로 시선을 옮겼다. 뼈만 앙상한 거대한 얼음덩이가 베슬 마리호의 압박 아래 느릿느릿 자리를 옮기고 있었다.

"혹시 배가 너무 천천히 가서 달리고 싶어진 거야?"

안톤은 초조하게 고개를 저었다.

"덴마크에 가고 싶지 않아요." 그가 말했다. "내가 잘못 생각했어요. 제발 부탁이에요. 지금 당장 배를 멈추고 날 내려줘요."

올슨은 목덜미를 긁었다. 그가 두 팔을 들어 올렸다.

"안톤, 그럴 수 없어. 네 기지 대장이 이미 왕복 뱃삯을 지급했거든. 그러니까 난 너를 무사히 데려다줘야 해. 그게 선장으로서 내가 해야 할 염병할 임무야. 이러지 말고 응접실로 가서 우리 얘기를 좀 해보자."

그래서 그들은 응접실로 갔다. 올슨은 안톤에게 역겨운 노간주나무주를 잔뜩 먹이고 유럽이 지닌 근사한 점을 상기시켰다. 얼마 지나지 않아 안톤은 입을 잘 열지 못했다. 머리가 빙빙 돌았다. 그가 초점 없는 눈으로 선장을 응시했다.

올슨은 잠든 시인을 감촉이 부드러운 소파에 눕히고 조심스럽게 이불을 덮어주었다.

"자, 시인 선생, 이제부터 착하게 코 자. 배가 바다 한가운데 도착할 때까지. 그럼 너도 어쩔 수 없겠지. 물 위를 걷는 게 아니라면, 코펜하겐까지 꼼짝없이 배에 갇혀 있어야 할 테니까."

그러나 상황은 올슨의 예상과 전혀 다르게 돌아갔다. 그린란드에서 아이슬란드 남단에 이르기까지 해안을 따라 계속 얼음이 보였다. 얼음은 무정하게도 배에 압력을 넣으며 발목을 잡았고, 바람 한 점 불지 않았다. 이튿날 아침, 잠에서 깨어난 안톤은 천천히 올슨의 소파에서 내려와 결연한 의지로 노간주나무주를 숨겼다. 그리고 소파에서 빠져나와 응접실 밖으로 몰래 나갔다. 이어 재빨리 세일러 백을 채우고 총을 움켜잡고는 망을 보고 있던 선원의 눈을 피해 배의 좁은 통로를 지나 선미에 이르렀다. 보아하니 베슬 마리호는 얼음장 둘이 녹아서 떨어지기를 꼼짝없이 기다려야 할 판이었다. 안톤은 기회를 놓치지 않고 가방과 총을 뱃전 너머로 던졌다. 이어 갑판을 향해 마지막 눈길을 던지고 배에서 뛰어내렸다. 그러고는 잠시 그 자리에 서서, 배가 빙하의 안개 낀 파도 속으로 천천히 멀어져가는 모습을 지켜보았다.

무한한 행복감이 안톤의 몸을 관통했다. 저 아래, 남쪽 여성들은 이제 안톤 없이 살게 되었다. 명예와 명성도 다음을 기약할 수밖에 없게 되었다. 작품 외에 그러한 것들은 작가와 큰 연관이 없었다. 안톤은 부르릉거리는 베슬 마리호의 모터 소리를 들으며 미소 지었다. 그리고 배의 시동 소리가 멀리서 들려오는 잡음에 지나지 않게 되자, 총을 탄띠에 맡기고 빙판을 따라 걷기 시작했다.

몇몇 장소에서는 얼음덩이들이 물결에 휩쓸려 붙기를 기다려야 했다. 그러나 대부분은 굳이 보폭을 넓힐 필요 없이 이 얼음에서 저 얼음으로 건널 수 있었다. 안톤은 이야말로 진정한 산책이라고 생각했다. 그리고 매 순간 황홀경에 빠졌다. 그때, 북극의 영웅에 관한 어릴 적

환상이 수면 위로 다시 떠올랐다. 그는 자신의 우매함에 폭소를 터뜨렸다. 영웅이라니, 그런 게 대체 있기나 한가? 알지도 못하면서 실체도 없는 북극의 영웅에 관해 잘도 떠벌리고 다녔다! 이 얼마나 부조리한 일인가! 북극에 살며, 그곳에서의 삶에 매료된 자라 해도 늘 그 고장이 요구하는 조건에 매여 산다. 물론 북극에서의 삶을 좋아하지 않을 수도 있다. 하지만 그때에도 언제나 해결책이 존재한다. 올슨과 함께 북극을 떠나면 그만이니까. 고로, 영웅 따위는 존재하지 않았다. 열대의 영웅이 존재하지 않듯 북극의 영웅도 존재하지 않았고, 코펜하겐 교외의 영웅이 존재하지 않듯 뢰도브레의 영웅도 존재하지 않았다. 안톤은 자신의 위대한 통찰력에 경탄했다. 그리고 자기 자신의 선택을 믿고 존중하며 즐겁게 길을 걸어 나갔다.

안개가 짙었지만, 그 또한 안톤을 방해하지 못했다. 그는 빙하의 안개가 몇 날 며칠 지속될 수 있다는 사실을 알았고, 본능에 이끌려 전진했다. 그런데 그게 하필이면 서쪽이 아닌 남쪽을 향해서였다. 남쪽은 안톤이 간절히 원하는 곳이 아니었다. 사실 그는 여우 덫을 세우러 게스 그레이브를 떠나 북쪽으로 이동할 때마다, 피오르의 여우들과 같이 종종 남쪽으로 방향을 잘못 꺾었다.

그때마다 헤르베르트는 시를 생각하느라 그런 실수를 한 거라며 안톤을 다독였고, 머릿속이 운문과 그 밖의 기묘한 것들로 가득 차 있을 때는 동서남북을 가릴 수 없다고 했다.

안톤은 씩씩하게 남쪽을 향해 걸었다. 북극권의 해안을 그린란드 동부 연안의 인상적인 산이라 확신하며 안개가 또다시 일어 그 진가를 발휘하기를 기다렸다. 그러나 안개는 두 번 다시 일지 않았다. 그는 그제야 상황을 파악했고, 축축하게 젖은 몸이 마비되어 얼음덩이 위에 주저앉았다.

올슨 선장은 안톤이 사라진 것을 알고 몰골이 말이 아니었다. 그에게는 청년의 안전을 책임질 의무가 있었다. 배가 코펜하겐 부두에 닿자마자 겪어야 할 수많은 문제가 주마등처럼 스쳐 지나갔다. 선장은 안개 고동을 불고, 황동 메가폰에 대고 선원들을 일제히 집합시켰다. 그리고 당장 빙하로 나가 탈주자를 때려눕혀서라도 붙잡아 오라고 명했다. 배는 꼬박 하루 동안 움직이지 않았다. 하지만 안톤은 어디에도 보이지 않았다. 올슨은 격분한 마음을 가라앉히고 톰슨곶으로의 회항을 결심했다.

볼메르센 변호사는 한 손에 포도주 잔을 들고, 한 손에는 직접 제조한 시가를 든 채 벤치에 앉아 한가롭게 여유를 즐기고 있었다. 해안 가득 안개가 짙어 빙하 위로 올라가던 시가 연기가 짙푸른 안개에 섞여 사라졌다. 더없이 무미건조한 풍경이었다. 거무스름한 그을음과 기름때가 한 치의 실수도 용납하지 않겠다는 듯 단조로운 풍경에 일조했다. 낮짝은 비요르켄보르로 가져갈 물품을 정리해 요트에 싣고 해변에서 올라왔다. 그가 의자에 앉았다. 그리고 안경을 벗어 주머니 안에 넣었다.

"볼메르센, 석양을 제대로 즐기고 있네!" 낮짝이 상냥하게 말했다.

그러고는 작은 콧구멍을 한껏 부풀리고 코를 킁킁거렸다.

"가을과 시가에서는 평화로운 냄새가 나."

낮짝이 코를 찡그렸다.

"어, 그런데 뭔가 다른 냄새가 나는데? 이게 어디서 나는 냄새지?"

볼메르센이 고개를 끄덕였다. 그는 안개 속에서 느낌표로 변한 검은 연기 기둥에 시선을 고정했다. 평화롭다는 표현에는 항상 과장된 면이 내재했다. 연기의 주인이 베슬 마리호가 아니라면, 낡은 바다표범 사냥선으로 변신한 유령선이 분명했다.

"낮짝, 너도 저게 보여?"

"아니, 전혀. 안경 없이는 아무것도 못 봐. 그래도 냄새는 맡을 수 있어."

안경을 끼지 않으면 발 없는 도마뱀보다 눈이 더 어두운 낮짝이 대답했다.

"베슬 마리호야." 볼메르센이 속삭였다.

"그럴 줄 알았어." 낮짝이 대답했다. "배에서 나는 악취가 다른 것들과 영 어울리지 않았거든."

육지에 도착한 올슨 선장은 뇌졸중을 일으키기 직전이었다. 사냥꾼들은 노발대발하는 노르웨이 남자 앞에서 황급히 뒷걸음질 쳤다.

"안톤을 어디다 숨겼어? 빌어먹을 놈들, 당장 놈을 내놔. 이 얼간이들아!"

올슨이 고함쳤다.

매스 매슨이 무슨 일인지 이해가 간다는 표정으로 피오르두르를 바라보았다.

"드디어 올 것이 오고야 말았군." 그가 소곤댔다. "올슨이 머리가 돌았어. 언젠간 이런 날이 올 줄 알았어."

그가 무언가를 찾는 사람처럼 주변을 둘러보았다.

"안톤이라고 했지? 여기 혹시 안톤을 본 사람 있어? 그런데 올슨, 안톤에게 무슨 특별한 용무라도 있어? 혹시 책에 사인을 받으려고 그래?"

라스릴이 창문 안에서 커다랗게 팔을 휘둘렀다.

"나는 안톤이 어디 있는지 알아요!" 그가 소리쳤다. "올슨 선장의 배에 있어요."

비요르켄이 화염방사기 같은 눈으로 옛 수습생을 노려보았다. 이번에도 바보 같은 녀석이 하나 마나 한 말로 분위기를 망쳤다. 가히 절망적이었다.

올슨이 소리쳤다.

"이 멍청이야, 안톤이 도망쳤어. 제기랄, 신은 대체 뭘 하지? 저런 놈을 안 잡아가고? 그 키다리 얼간이가 도심 한복판에서 전차에서 내리듯 빙하 한가운데서 배에서 내렸다고. 이제 알겠어?"

"올슨, 그게 정말이야?"

매스 매슨이 놀란 얼굴로 뚱뚱한 뱃사람을 쳐다보았다.

"그러니까 방금 네가 한 말이, 사냥꾼이자 시인이기도 한 안톤 페데르센이 그렇게, 아무 이유도 없이, 너의 그 낡아빠진 배에서 내려, 빙하 위를 걸어갔단 말이지? 선장,

안 될 일이야. 회사 대표가 이 소식을 들으면 난리가 날 걸! 트란그라벤에서 안톤이 오기만 기다리고 있는 출판사는 또 어떻고! 올슨, 안톤에게 무슨 짓을 저질렀지? 녀석이 그렇게 급하게 떠난 데에는 분명 이유가 있을 거야. 안 그래?"

"내가 묻고 싶은 게 그거야!"

올슨이 분통을 터트렸다.

"하늘에 맹세코, 결단코 나는 녀석을 돌봐준 죄밖에 없어. 몇 시간이고 내 심장이니, 너는 죽었다느니, 나는 흐느낀다느니 그런 시시껄렁한 시를 들어주기까지 했어! 쳇, 그런데 이게 다 무슨 꼴이람."

"그런데도 안톤이 배에서 내렸다고? 아무 예고도 없이?"

매스 매슨이 고소하다는 듯 말했다. 드디어 올슨이 궁지에 몰렸다. 4년 전 엠마를 올보르로 데려가며 제값을 다 받아먹은 것에 대해 이만큼 통쾌한 보복은 없었다.

"그 말인즉 안톤은 이제 네 배의 승객이 아니라는 뜻이네. 네가 뱃삯을 환급해줄 거라는 뜻이고. 올슨, 지금 당장 게스 그레이브 기지에 안톤의 뱃삯을 환급해줘."

"염병할, 지금 뱃삯이 문제야? 안톤이 죽었을지도 모르는데 그게 중요하냐고! 매스 매슨, 잘 들어. 설사 운이 좋아 녀석이 아직 살아 있다고 해도, 지금쯤 저 아래 빙하에서 가방 하나에 총만 하나 달랑 메고 죽음과 사투를 벌이고 있을 거야. 그러다 결국은 총으로 자살하겠지."

게스 그레이브의 기지 대장인 헤르베르트가 손을 내밀었다.

"잠깐, 그렇담, 안톤이 돌아오길 기다리는 동안 그 중요하지 않은 배표는 나한테 넘겨."

올슨은 헤르베르트가 내민 손을 못 본 척했다.

"모두 날 도와야 해." 그가 신음했다. "안톤을 찾을 수 있게 도와줘."

"돈이 먼저야." 헤르베르트가 냉정하게 말했다.

올슨이 뱃삯을 환급해주자, 그제야 사냥꾼들은 실종자의 생사를 몰라 괴로워하는 선장을 돕기로 했다. 몇 시간 후, 베슬 마리호와 사냥꾼들을 실은 요트가 실종된 안톤을 찾아 수색에 들어갔다.

수색은 이틀 밤낮으로 계속되었다. 마지막 24시간 동안에는 안개가 걷히며 강한 서풍이 불기 시작했다. 배를 위험에 빠뜨릴 수 없었던 올슨은 마지못해 빙하를 떠났고, 요트들도 하나둘 회항했다. 사냥꾼들은 며칠 더 톰슨곶에 남아 사라진 안톤을 추모했다. 밸프레드를 제외하고는 모두 그가 죽었다고 생각했다. 헤르베르트는 가까웠던 청년과의 관계와 그의 시들을 떠올리며 애써 눈물을 참았다.

밸프레드는 돌아오자마자 매스 매슨의 침대에 완벽하게 적응했다. 그가 말했다.

"안톤이 벌써 죽은 것처럼 말하는군. 하지만 안톤은 게스 그레이브로 돌아와서 다시 일할 거야. 내가 장담할게."

헤르베르트가 슬픈 얼굴로 밸프레드를 바라보았다.

"바람이 멈추지 않으면 금세 바다가 빙하로 뒤덮여. 수색이고 뭐고 더는 할 수 없단 얘기지. 어쩌면 안톤에게는 명예를 얻는다는 게 굉장한 고통이었을지도 몰라. 그래서 자살을 선택한 거고. 천재들은 다 그러니까."

"나도 헤르베르트와 생각이 같아." 피오르두르가 말했다. "안톤은 이미 오래전에 죽었어."

"그럴 수도 있겠지." 밸프레드가 말했다. "하지만 소생할 수 없을 정도로 절망적인 상황이란 없어. 그저 좋기만 한 일도 없듯이."

그가 사냥꾼들 모두가 한눈에 잘 보이도록 옆으로 돌아누웠다.

"링스테드에 그런 식으로 되살아난 사람이 한 명 있었어. 푸주한 수습생이었는데, 정말 재수가 없는 녀석이었지. 아마 그런 놈을 두고 목요일의 남자라고 하는 걸 거야. 녀석의 이름은 라르센이었지만."

"목요일이 아니라 금요일의 남자야." 비요르켄이 정정했다.

비요르켄이 공손하게 절을 하며 의기양양한 표정으로 밸프레드를 바라보았다.

"밸프레드 선생님, 13일의 금요일요. 그걸 잊으셨어요."

"아, 맞아." 밸프레드가 긍정했다. "하지만 라르센은 정말 목요일의 남자였을 수도 있어. 놈보다 더 불행한 사람이 있다고는 상상도 안 되거든. 녀석은 목요일 아침에 간 칼에 온종일 손가락을 베일 놈이었어. 칼을 갈지 않았다고 해도 더하면 더했지 마찬가지였을 거야."

이때, 라스릴이 갑자기 웃음을 터뜨리며 밸프레드의 말을 중단시켰다.

"하, 하, 밸프레드, 무딘 칼에 베이는 사람이 어디 있어요?"

"멍청이!" 비요르켄이 야유했다. "무딘 칼을 사용할 때는 힘이 더 들어가. 그래야 자를 수 있으니까. 예상을 비껴갔을 때 피해가 얼마나 더 큰데 그래."

"아, 그렇군요. 듣고 보니 그러네요."

라스릴이 어리벙벙한 얼굴로 고개를 끄덕였다. 스승의 말을 이해할 시간이 아직 더 필요했지만, 어리석게 보이고 싶지는 않았다.

"그건 그렇고, 말 좀 중간에 자꾸 끊지 마." 비요르켄이 밸프레드에게 스승으로서 미안하다는 눈짓을 했다.

밸프레드가 말을 이었다.

"알았어. 어쨌든 라르센 이야기는 정말 슬퍼. 녀석은 겸자분만으로 태어났는데 이게 불행한 인생의 시작이었어. 평생 오이처럼 길쭉한 머리통을 단 채 살아야 했거든. 그런데 그게 끝이 아니었어. 하필이면 그날도 목요일이었지. 아직 젖먹이였던 녀석이 아버지에게 백일해를 옮겨 사망에 이르게 한 거야. 그뿐이 아니야. 세 살 때는 창문에서 떨어졌는데 하필이면 큰누나 위로 떨어져서 누나의 엉덩이뼈를 부러뜨리고 말았어. 라르센의 누나는 그때부터 링스테드에서 트램펄린 아가씨로 불렸어."

밸프레드가 연민을 느끼고, 깊은 한숨을 내쉬었다.

"말년에 이르러 라르센의 삶은 수도사가 되든가, 술독에 빠지든가 둘 중 하나를 택해야 할 정도로 비참했어. 먼저 시도해본 건 예수그리스도와 함께하는 삶이었어. 하지만 제대로 되지 않았지. 최대한 노력했는데도 종교인이 될 재목으로 태어나지 않았다는 사실만 깨달을 뿐이었어. 녀석에게 신이 필요한 날은 언제나 목요일이었는데, 목요일에는 신이 아예 존재하지 않는 것 같았어.

그래서 녀석은 술로 전향했어. 그리고 도살장의 수의사에게서 순도 100퍼센트의 알코올을 샀어. 라르센은 취해서 술과 사투를 벌였어. 얼마나 취했는지 비틀거리며 방 안을 돌아다니다가 요강 속에 머리를 처박기까지 했지. 하지만 결국엔 이겼어. 병원으로 옮겨져 여기저기 꿰매기는 했지만."

밸프레드는 쉬는 시간을 갖고 맥주를 거품 없이 잔에 꽉 채웠다. 잠시 후 그가 다시 입을 열었다.

"그때 라르센은 결심했어. 세상만사 다 지긋지긋해서 끝장을 내겠다고. 녀석은 외바퀴 손수레에 삽과 도살용 총을 싣고 묘지를 팔 자리를 찾아 길을 떠났어. 그러다가 전망 좋은 곳에 벤치까지 놓인, 어느 모로 보나 훌륭한 묫자리를 발견했어. 곧이어 녀석이 들어가고도 남을 만큼 깊고 넓은 구덩이가 파였어. 그런데 마지막에 큰 실수를 하고 말았어. 손수레가 쓰러지는데 그걸 잡지 못한 거야. 그 바람에 총이 밖으로 떨어지며 돌에 부딪혀서 총알이 발사되었어. 라르센은 갑작스러운 굉음에 놀라 구덩이 안으로 굴러떨어졌고, 넘어지면서 바닥에 던져놓은 삽에 머리를 부딪혔어. 죽기 전에 자기 무덤을 판 한 사내의 이야기야."

"그가 죽었어요?"

라스릴이 참지 못하고 혀를 내둘렀다.

밸프레드가 심각한 표정으로 라스릴을 바라보았다.

"죽었냐고? 맞아, 염병할 노릇이었지. 녀석은 죽었어. 오래전부터 죽어 있었으니까. 라르센이 산 삶은 녀석의 삶이 아니었거든. 흙에 덮인 채 한동안 라르센은 새로 생긴 거처에 누워 있었어."

이번에는 쉬는 시간이 조금 더 길었다. 그사이 모두는 밸프레드의 말을 반추했다. 밸프레드가 노래하던 〈병원의 침대에서〉와 분위기가 비슷했다. 그가 침대 밑을 다정한 눈으로 바라보았다. 그리고 낮은 목소리로 말했다.

"무덤에서 일어선 라르센은 완전히 새로운 사람이었어. 엄청난 타격을 입고 일어서자니 땅이 흔들리며 머리가 무거웠지. 그는 놀란 눈으로 주변을 둘러보았어. 자기가 왜 땅굴 속에 누워 있는지, 왜 옆에 삽과 도살용 총이 있는지 알 수 없었어. 영혼이 죽은 거야. 녀석은 겁을 먹고서 무릎을 꿇고 구멍 위로 머리를 내밀었어."

"라르센은 자기가 천벌을 받아 죽었다고, 그래서 지옥에 떨어졌다고 생각했어. 그리고 얼굴과 사지를 만지며 이렇게 중얼거렸어. '제대로 온 거 같네. 내가 부활했는지도 몰라. 알아보러 가보자.' 그리고 묘지 주변을,

달빛 아래 꼼짝하지 않는 십자가와 돌멩이를 바라보았어. 그러고는 깊은 한숨을 내쉬고 만족스러운 얼굴로 일어나 무덤 밖으로 나왔지. '멍청이, 내가 처음이네, 길이 막히기 전에 빨리 가야겠군' 녀석이 행복해서 이렇게 농담을 했어. 그리고 천국의 정원으로 걸어 들어갔어."

밸프레드가 침대 머리맡 선반에서 편안히 쉬는 틀니를 보며 미소 지었다. 인공치아를 보면 기분이 좋아졌다.

"라르센은 부활해서 세상 속으로 다시 나왔어. 로스킬데의 주민으로 링스테드에 다시 살게 된 거야. 생의 마지막 날까지 녀석은 이 세상을 천국처럼 여겼어. 그리고 즐겁고 행복하게 살았어. 그러다 보니까 일반 사람들보다 훨씬 더 많은 행운이 찾아왔어. 링스테드에서 정원사 일을 물려받았고, 몇 년 후에는 로스킬데 피오르의 어업권을 막대한 땅과 같이 상속받았지. 게다가 평생 독신으로 살았어."

이야기에는 번득이는 재치가 담겨 있었다. 라스릴이 심오하다고 생각하고 라르센과 안톤 사이의 연계성을 포착해낼 정도였다. 그가 기회를 놓치지 않고 비요르켄에게 자세한 설명을 해달라고 졸랐다.

비요르켄이 말했다.

"라르센이 무덤 속으로 떨어진 게 목요일이었던 거지?"

뱀프레드가 고개를 저었다.

"목요일? 아니야, 비요르켄. 금요일이었어. 13일의 금요일. 그건 내가 잘 알아. 그날이 내 약혼이 깨진 날이거든. 그래서 말인데, 내 생각이긴 하지만 금요일은 진짜 행운의 날인 거 같아."

안개가 일자 안톤은 바람을 느끼지 못했다. 그는 주변을 둘러보았다. 최대한 멀리 내다봐도 빙하 외에는 보이지 않았다. 그래도 그는 기분이 좋았다. 배낭 속에는 말린 생선이 가득했고 덕분에 시장기를 느끼지도, 춥지도 않았다. 게다가 정체를 알 수 없는 생각들로 마음이 더는 혼란스럽지 않았다. 삶이 안톤 페데르센에게 다시금 미소를 지은 듯했다. 그는 게스 그레이브에서 문학을 하며 겨울을 날 생각에 즐겁게 걸음을 옮겼다.

빙하가 꿈틀거리고 분노한 얼음덩이들이 서로에게 달려들었다. 짠물이 혀를 날름거리며 안톤의 기름칠한 가죽 장화를 핥았다. 바람이 거세지더니 이내 무시무시한 폭풍설로 변해서 얼음이 겹겹이 쌓이기 시작했다. 빙판이 우지끈 소리를 내며 부서졌고, 요란하게 진동하며 노호하고 삐걱거리고 사방에서 이를 갈았다. 얼음이 서로 자리를 차지하려 밀치고, 찌르고, 충돌하면서 길을 냈다. 안톤은 미끄러지고, 넘어지고, 또다시 미끄러졌지만, 그 순간에도 덴마크 여행을 연기한 걸 후회하지 않았다. 오히려 일상에서 벗어나 놀라운 경험을 하게 된 사실을 진심으로 기뻐했다. 이제야 경험 많은 노련한 사내에 대해, 집적된 얼음과 천둥에 대해 있는 그대로 묘사하고 서술할 수 있게 되었다. 안톤은 등에 와 닿는 우정 어린 바람의 손길을 느꼈다. 대자연과 하나 됨을 느꼈다.

빙판이 갑자기 수직으로 기울어지며 그는 처음으로 물에 빠졌다. 하지만 곧 다른 빙판의 도움으로 일어섰고, 침수 후 또 다른 빙판이 수평을 되찾으며 수면 위로 떠올랐다. 몸이 물에 젖어서 한기가 느껴졌다. 그래도 총과 배낭, 좋은 기분은 지켜냈다. 두 번째로 물에 빠졌을 때에는 가방을 잃어버렸다. 그러나 얼음조각 위로 89식 소총을 들어 올려 습기로부터 구해냈다. 사방에서 얼음이 갈라지고, 솟아오르고, 떨어지며 작은 조각으로 부서졌다. 그때 저 멀리 표류하는 빙산이 보였다. 그는 기우뚱거리는 빙산 정상에 간신히 기어올랐다. 그리고 일어서서 화염처럼 사라지는 태양을 바라보았다. 야생의 높은 산들이 풍경을 에워싸고 있었다. 빙산이 흔들려서 잠시 마음이 위축되었지만, 안톤은 그러한 것들에 더는 주의를 빼앗길 수 없었다. 육지가 보였고, 무슨 일이 있더라도 그곳에 도달해야 했다. 안톤은 밤이 다 가도록 빙산 위에 웅크리고 앉아 있었다. 새벽이 되자 바람이 잠잠해졌다. 그는 빙산을 떠나 가파른 산을 향해 얼음과 얼음을 뛰어넘었다.

오후가 되어서는 바람이 완전히 멈추고 단단히 다져진 얼음덩이가 녹아 빙판이 흥건해졌다. 안톤은 천천히 앞으로 걸어 나갔다. 그리고 빙산 위의 제법 큰 공터에 고립되었다. 안톤이 살던 곳에서 그린란드 동부의 차가운 물결에 휩쓸려 여행을 떠나온 이 빙산은 하단부가 손상되어 있었다. 적당한 온도의 냉수에서 살려고 여행을 떠났다가 아이슬란드 북부에서 멕시코 만류에 걸려 옴짝달싹 못 하게 된 것이다.

안톤은 다리 사이에 총을 끼우고, 머리를 가슴팍에 기댄 채 나지막한 빙산 위에 웅크리고 앉았다. 극심한 피로와 추위 너머로 보이는 것이라곤 가물가물한 의식뿐이었다. 예를 들어 안톤은 토빈곶 끝에 있던 집들을 알아보지 못했다. 그래서 집들이 얼마나 가까운지도, 소리치지 않고도 주민들을 집에서 나오게 할 수 있다는 사실도 알지 못했다. 또한 그가 있던 빙산에서 불과 50미터 떨어진 곳에 마산티가 있다는 것도 깨닫지 못했다.

이 모든 여정을 거쳐 안톤은 마침내 그린란드 동부의

사냥꾼 마산티 곁에 오게 되었다. 마산티는 매일 아침 다른 사냥꾼들이 오기 전에 바다표범을 잡을 희망을 안고 빙하 끝까지 걸어오는 늙은 사냥꾼이었다. 늙어서 관절이 둔해진 깡마른 다섯 마리 개의 도움 없이는 아침마다 바다에 빠지고도 남을 만큼 시력이 안 좋았다.

마산티는 쭈그리고 앉아서 안톤이 느릿느릿 자기 앞을 지나가는데도 별다른 점을 눈치채지 못했다. 처음으로 평상시와 다른 점을 알아챈 쪽은 마산티의 개들이었다. 늙은 사냥꾼은 개들이 날카롭게 짖어대는 소리에 사냥의 단꿈에서 빠져나왔다. 그가 눈을 비비며 철 테 안경 너머를 응시했다.

"푸이지?" 마산티가 희망에 차서 개의 이름을 불렀다.

그는 개가 짐승의 냄새를 맡았다고 생각했다. 빙산 위로 희미한 검은 형체가 감지된 까닭이었다. 검은 형체는 먹잇감을 노리고 매복 중인 바다표범과 흡사했다.

마산티의 첫 번째 총알이 안톤의 머리를 스쳤다. 그러나 다행히 유감스러운 일은 일어나지 않았다. 두 번째 총알은 안톤 바로 앞 빙판을 건드리며 놀라 굳은 짐승의 얼굴에 얼음 가루를 뿌렸다. 안톤은 그제야 무감각 상태에서 빠져나왔다. 그가 늙은 사냥꾼을 발견하고 격분해 소리쳤다.

"이봐요, 손을 그따위로 놀리면 어떻게 해요? 왜 가만히 쉬고 있는 사람에게 총을 쏘죠?"

마산티는 심장이 목구멍까지 튀어 오르는 줄 알았다. 공포감에 휩싸여 그가 인간처럼 말하는 짐승을 믿을 수 없다는 듯 바라보았다. 혹시 자기가 노망난 것은 아닌지 새삼 걱정되었다. 그런데 검은 형상은 뒷지느러미를 짚고 일어나 소리치는 바다표범과는 여러모로 달랐다. 분명 피오르의 불길한 영이거나, 키비토크*이리라.

마산티가 총을 내던지고 비명을 지르며 육지를 향해 달려갔다. 개들은 놀란 눈으로 주인을 응시했다. 이어 단단한 빙하에 닿으려 이 얼음과 저 얼음을 뛰어넘는 피조물을 호기심 어린 눈으로 탐색했다.

안톤은 마산티의 총을 집어 들고 늙은 사냥꾼의 썰매로 다가갔다. 대장 개가 임무를 완수하려고 적의에 차 으르렁거렸다. 그런데 안톤의 기름 먹인 장화 냄새를 맡은 후에는 민망한 듯 깽깽거렸다. 인간과 역겨운 냄새를 풍기며 걸어 다니는 존재 사이에는 본질적인 차이가 없

———

* 영혼의 방랑자, 사회와 연을 끊고 자연 속에서 살아가는 사람.

었다. 다리가 아픈 다른 개 네 마리는 대장 개의 짖는 소리에 활기를 되찾았다. 그리고 힘을 모아 여행용 모피에 큰대자로 누운 안톤을 싣고 썰매를 몰았다.

스코레스비순드로 가는 도중, 그들은 속보로 이미 상당한 거리를 걸어간 마산티를 추월했다. 안톤이 그를 앞지르며 정중하게 인사를 건넸지만, 빙하에서 겪은 초자연적인 현상에 잔뜩 놀란 마산티는 대답하지 않았다. 괴물로부터 도망친 행복감과 마을의 다른 노인들에게 모험담을 들려줄 생각에 들떠서, 자기 개들이 지나가는 걸 보고도 누구 개인지 분간하지 못했다.

안톤이 스코레스비순드에 도착하자 큰 파문이 일었다. 안톤은 덴마크인 해외 상관 관리인과 그의 그린란드인 아내, 그리고 신부님으로부터 따뜻한 환영을 받았다. 안톤의 이 난데없는 방문은 무척 특별한 사건이었다. 1년 중 그 시기에 방문객을 맞이한 적이 없었기 때문이다. 더욱이 이 방문객은 걸어서 빙하를 가로지른 최초의 사내였다. 거하게 잔치를 벌이고도 남을 일이었다. 축연이 거행되는 동안 안톤은 상관 관리인 부부의 침실에 머물렀다. 그는 극심한 피로와 가벼운 현기증이 겹쳐서 자기 이름 철자도 제대로 욀 수 없었다.

따라서 축연은 안톤 없이 진행되었다. 상점마다 수북이 쌓인 물품은 축연이 지속되는 동안 무한정 제공되었다.

축연에 참석한 이들 중에는 수피아라는 이름의 여성이 있었다. 그녀는 첫눈에 안톤을 약혼자로 만들겠다고 결심하고 미래의 약혼자가 긴 잠에 몰두해 원기 회복을 하는 동안, 그리고 작은 마을 주민들이 물류 창고 안에서 축연을 벌이는 동안, 강으로 가 정성껏 머리를 감고 비누로 몸을 씻었다. 들리는 말로는 외국인들은 강한 체취를 싫어한다고 했다. 수피아는 길고 검은 머리 타래를 한밤의 태양에 말리고, 첫얼음을 견디고 향이 더욱 진해진 월귤나무 열매를 한 봉지 가득 땄다.

축연은 새벽에도 계속되었고, 사방이 소란스러웠다. 수피아는 해외 상관 관리인의 집으로 되돌아갔다. 그리고 안톤이 잠든 침실 유리창으로 안을 들여다보며 만족스러운 미소를 지었다. 이윽고 그녀가 창문을 열고 사내가 잠든 방으로 숨어 들어갔다. 사내는 키가 컸고, 금발이었다. 평화롭게 잠든 사내의 얼굴과 숱이 많은 머리카락, 풍성한 체모를 보고 그녀는 가슴이 설레기 시작했다. 깃털을 채운 이불이 너무 작았는지 침대 끝으로 삐져나온 사내의 발이 보였다. 수피아는 캐나다인들의 눈 신발처럼 커다란 청년의 발을 놀라운 눈으로 바라보았다.

수피아는 이렇게 크고 아름다운 청년이 처음이었다. 그녀는 조용히 옷을 벗고 이불 속으로 들어갔다. 그리고 잠시 움직이지 않고 사내의 체온과 체취를 느꼈다. 이어 두 손이 호기심에 이끌려 이리저리 배회했다. 눈부신 털로 뒤덮인 가슴을 지나 뼈가 드러난 어깨에 닿고, 기다란 팔을 거쳐 허리춤에 이르렀다. 그러다가 편평한 배를 지나 아래쪽을 더듬을 때였다. 그녀의 손이 멈칫하고, 두 눈이 동그래졌다. 확인차 다시 만져보았지만, 착각이 아니었다. 세상에, 어떻게 이럴 수 있지? 수피아는 손이 발견한 것을 눈으로 확인하려고 조심스럽게 이불을 걷어 올렸다.

안톤은 꿈을 꾸었다. 잠에서 깨어난 뒤, 꿈이 현실로 둔갑할 만큼 생생하고 강렬한 꿈이었다.

수피아는 안톤을 차지했고, 안톤은 깊은숨을 내쉬며 숫처녀의 몸속으로 미끄러져 들어갔다. 눈을 뜨고는 눈웃음치는 젊은 여자의 얼굴에 놀랐지만, 등줄기에 와 닿는 손길에 마음이 편안해졌다. 콩팥 언저리가 짜릿해지며 물줄기가 솟구쳐 상대방에게로 흘러들었다. 그는 행복감을 느꼈다.

안톤은 꿈에서 깨지 않으려 다시 눈을 감았다. 수피아의 따뜻하고 축축한 입술이 그의 입술에 포개졌다. 이어 그녀의 입술이 수염 끝을 가볍게 깨물고, 코를 따라 위로 올라가 눈두덩 위로 옮겨갔다. 이건 천국이야! 안톤은 생각했다.

그들은 말없이 영원 속에 남았다. 안톤의 내면에선 수많은 생각이 들끓었다. 그러고는 불가능하다고 여기던 수준 높은 시로 순식간에 탈바꿈했다. 이것은 이론을 통해 체득한 것도, 처녀 소설과 시집에 산재하던 인공의 산물도 아니었다. 관능에의 환희이자, 욕망과 아늑함이 가져다준 기적이었다. 또한 안톤이 이제껏 두려워하던 모든 것이었고, 베슬 마리호에서 그를 도망치게 한 전부이기도 했다. 안톤은 기다란 팔로 수피아의 등을 감싸 안았다.

"에세이베키트."*

수피아가 속삭였다.

안톤은 고개를 끄덕이며 머릿속으로 그 단어를 반복했다. 무슨 뜻인지 몰랐지만, 수피아의 신비로운 다갈색

———

* '사랑해'라는 뜻의 그린란드어.

작은 몸처럼 부드럽고 선율 또한 아름다웠다. 안톤은 그 아침이 다 가기 전, 수피아의 약혼자가 되었다.

한편, 헤르베르트는 실종된 동료의 빈자리를 느끼며 혼자 게스 그레이브를 서성였다. 그러다가 외로움을 이 겨내려고 룸펠곳으로 여행을 떠났다. 모르텐슨 무전기 사와 닥터가 상을 당한 사람을 대하듯 연민 어린 마음 으로 그를 맞이했다. 저녁에 헤르베르트가 떨리는 목소 리로 안톤의 유작들을 큰 소리로 읽을 때는 인내심을 갖고 귀를 기울였다. 모르텐슨 못지않게 닥터도 사라진 안톤을 기꺼이 천재의 대열에 합류시켰다.

"안톤이 살아 있었다면, 분명 그린란드 북동부에서 처음으로 노벨상을 받는 사람이 됐을 거야." 모르텐슨이 의견을 내놓았다. "이렇게 일찍 떠나다니, 너무 안됐어."

헤르베르트가 안톤을 떠올리며 조용히 고개를 끄덕였다. 그러자 안톤이 축제용 흰색 아노락에 근사한 항해용 새 바지를 입고 스웨덴 국왕 폐하로부터 표창장을 받는 모습과 그린란드 북동부의 친구 모두가 그를 자랑스러운 눈으로 바라보며 거실에 모인 광경이 떠올랐다.

반면 닥터는 생각이 달랐다. 그는 어느 화창한 날, 라르센이 그랬듯 안톤도 살아 돌아오리라는 밸프레드의 말과 의견을 같이했다. 모르텐슨과 헤르베르트는 닥터의 생각을 완강히 부인하지는 않았다. 젊은 시인과 그의 재능을 회상하는 것이 슬프지만 행복했고, 언젠가는 그가 다시 돌아와 자기들을 놀릴 수 있기를 바랐기 때문이다.

헤르베르트는 집으로 돌아갔다. 그러나 여전히 고독을 견디기 어려웠다. 그는 안톤이 무척 그리웠다. 그래서 커다란 돛 뒤, 시인의 서재를 추억의 방으로 개조했다. 나무통에 배에 바르는 유약을 바르고, 불그죽죽한 색을 칠한 의자도 번쩍번쩍 광을 냈다. 벽에는 회색 밀가루 포대 옷을 입혔다. 다년간 입방체 모양의 작은 기계로 찍은 안톤의 사진들을 모두 걸어 분위기를 살리기 위해서였다. 마지막으로 헤르베르트는 구겨진 종잇조각들을 바닥에 흩어놓았다. 그러면 안톤이 밤새워 일하고 후다닥 밖으로 나간 것처럼 보일 듯했다.

추억의 방은 헤르베르트의 마음에 다시금 평화를 가져다주었다. 안톤을 추억하면 쓸쓸했지만, 기분이 나쁘지는 않았다. 저녁에는 그가 가장 좋아하는 음식을 만들어 먹었다. 바싹 익힌 크레이프에 덴마크 살라미를 얹어 먹으며 헤르베르트는 작고한 동료와 수다를 떨었다.

물론 안톤은 대답하지 않았다. 그래도 괜찮았다. 창작 중인 예술가에게 일개 사냥꾼이 일일이 대답을 강요할 수는 없지 않은가.

헤르베르트는 그렇게 10월과 11월을 보냈다. 그는 불평 없이 자신과 안톤의 덫을 정기적으로 돌봤다. 직관에 따라 지금은 안톤이 큰 돛 뒤에서 창작에 전념한다고 확신에 차 말하기도 했다. 기지로 돌아와서는 자기와 달리 덴마크 문학에 유일무이한 업적을 남길 천재를 위해 기꺼이 헌신했다.

그러던 어느 날, 11월이 12월로 바뀌던 때, 안톤이 돌아왔다. 문간에 선 안톤이 수염을 양 갈래로 가르며 환하게 미소 지었다. 그가 석유램프의 강한 불빛에 눈을 깜박였다.

"헤르베르트, 안녕!" 안톤이 말했다.

헤르베르트는 믿을 수 없다는 듯 그를 바라보았다. 목덜미의 털이 곤두서고 입안이 바짝 말랐다.

"빌어먹을, 여기서 뭘 하는 거야?" 쉰 목소리로 헤르베르트가 물었다.

"여기서 뭘 하냐고 내가 물었지?"

안톤의 미소가 서늘해졌다.

"내가 돌아왔잖아."

헤르베르트가 자리에서 일어섰다. 그러고는 뻣뻣한 걸음으로 식탁 둘레를 돌기 시작했다.

"이 친구야, 이건 아니야, 이래서는 안 된다고."

헤르베르트가 고개를 흔들었다.

"넌 죽었고, 영원히 사라졌어. 그러니까 이제 이렇게 여기 들어오겠다고 밀가루처럼 흰 낯짝을 들이밀면 안 돼."

"하지만 난……."

"하지만이란 없어." 헤르베르트가 말을 잘랐다. "네겐 이 낮은 세상에 다시 올 권리가 없어. 환생했다면 모를까, 넌 천국에 그대로 있어야 해. 네가 간 곳이 천국이 아니더라도 거기 가만히 있어야 해."

안톤은 주방 의자에 앉았다. 얼마나 짙은 고독이 헤르베르트를 짓눌렀는지 알 것 같았다.

"나는 환생하지 않았어." 그가 말했다. "약혼과 악천후로 스코레스비순드에서 오는 게 조금 늦어진 것뿐이야."

헤르베르트가 안톤 앞에서 걸음을 멈추었다.

"약혼이라고 했어?"

안톤이 고개를 끄덕였다.

"응, 약혼녀 이름은 수피아야."

"게다가 그런 짓까지 했다고?"

헤르베르트가 거친 손가락으로 안톤의 가슴을 쿡 찔렀다.

"정상으로 살아 돌아온 게 맞아?"

"그런 것 같아."

안톤이 미소 지었다.

헤르베르트는 주방으로 가 화덕 문을 열고 따뜻한 크레이프가 담긴 접시를 꺼냈다. 식탁 위에 접시를 올려놓고, 안톤이 살라미를 자르는 모습을 지켜보며 그가 물었다.

"약혼은 그렇다 치고, 여행은 어땠어, 좋았어?"

안톤은 한동안 말없이 동료를 응시했다. 이어 크레이프에 마가린을 바르고 살라미를 세 조각 얹더니 게걸스럽게 먹기 시작했다. 그러고는 이렇게 중얼거렸다.

"약혼 때문에 조금 유별난 우회가 되었어, 헤르베르트."

아서

—
혹은 밸프레드의 알터 에고

기억하는 한 오래전부터, 밸프레드는 최소한의 육체적 노동에도 힘들어했다. 자기 침대에서든 다른 누구의 침대에서든, 햇살 가득한 히스밭 어느 한 귀퉁이에서든, 한센 중위의 겉옷을 돌돌 말아 머리에 베고 가로로 눕는 게 가장 편했다. 무기력함이나 게으름 때문은 아니었다. 사실 밸프레드는 일할 때만큼은 민첩하고 활력에 넘치는 훌륭한 일꾼이었다. 이러한 증상을 두고 닥터는 비타민 부족이라고 주장했고, 비요르켄은 일종의 심리 현상으로 간주된다고 했다. 그러면서 환자가 허락만 한다면 단시간 내에 상세한 검토를 마치고 분석 결과를 내놓을 수 있다고 장담했다. 검증된 진짜 이유를 아는 사람은 라스릴뿐이었다. 라스릴은 끝내 침묵을 지켰지만, 밸프레드가 바닥에 붙어 사는 이유는 얼마 못 가 온 연안에 퍼져서 그 뒤로 매년 겨울밤을 밝히는 소중한 이야깃거리가 되었다.

겨울에 마실 그로그*를 만들려고 훔볼트의 새 바위에서 야영해가며 바다까마귀 알을 줍던 여름에도 대화의 주제는 밸프레드의 누운 자세에 관한 것이었다. 그러던 어느 날 저녁이었다. 사내들은 히스 잔가지로 모닥불을 피우고 둥글게 누워 있었다. 백작이 사향소 넓적다리로 고심해 만든 비프 스트로가노프**를 먹고 소화를 시키던 참이었다. 그때, 양팔로 머리를 괴고 있던 밸프레드가 커다랗게 하품을 하며 말했다.

"모두 반대하지 않는다면, 난 내일 좀 쉬려고 해."

누구도 반대하지 않았다. 밸프레드가 산에서 하루 이상 보내지 못한다는 사실을 모두가 알기 때문이었다.

———

* 럼 또는 브랜디에 설탕, 레몬, 더운물을 섞은 음료.
** 길쭉하게 썬 쇠고기를 볶아 러시아식 사워크림인 스메타나 소스와 함께 내는 러시아에서 유래된 유럽식 고기볶음 요리.

"피곤하기도 하지만 알을 지켜야 해서 그래." 밸프레드가 한마디 덧붙였다. "애써 모은 걸 여우나 까마귀가 와서 몽땅 먹어치우면 어떻게 해? 곰은 또 어떻고! 그만큼 무책임한 일도 없지, 안 그래? 게다가 모두 알다시피, 난 다른 사람들보다 더 많이 쉬어야 해."

"왜요?" 라스릴이 물었다. 그는 다방면에 늘 궁금한 게 많았다.

밸프레드가 고개를 들고 라스릴을 쳐다보았다.

"꿈 때문이야. 옛날에 내가 꿈을 하나 꿨는데, 그 후로 늘 힘이 없고, 사지가 떨어져나가듯 아프거든."

"어떤 꿈인데요?"

"헤, 헤, 말하자면 길어. 나중에 얘기해줄게."

밸프레드가 눈을 감고 미소 지었다. 그러고는 수염 사이에서 방황하는 소스를 꼼꼼하게 훑어 구원해주고 그대로 잠이 들었다.

며칠 후, 라스릴은 밸프레드의 꿈 이야기를 들을 권리를 누렸다. 산행 중 미끄러운 바위에서 넘어져 팔이 부러져서 밸프레드와 함께 야영지에 남아야 했기 때문이다. 밸프레드는 이틀 동안 쉬었다. 덕분에 기분이 상쾌해지고 몸도 가뿐해져서 라스릴에게 꿈 이야기를 들려주었다. 이렇게 밸프레드의 꿈 이야기는 매년 겨울 연안의 오두막을 찾는 단골손님이 되었다.

 한센 중위와 밸프레드는 아직 깊은 잠에 빠져 있었다.
새벽이 밝기 직전이었다. 잠든 사내들의 숨소리가 타닥
타닥 타들어가는 화덕 안으로 조화롭게 스며들었고,
작은 방은 짙은 어둠에 휩싸여 있었다. 화덕의 문틈 사
이로 새어 나오는 희미한 빛줄기조차 석탄 양동이가 놓
인 양철판 위에서 최후를 맞이할 정도였다.
 밸프레드는 악몽을 꾸었다. 이 꿈은 그를 평소와 달
리 중위보다 먼저 잠에서 깨어나게 했다. 중위보다 먼저
일어났으니 화덕의 불씨를 되살리는 일도 그의 몫이었
다. 한없이 느리게, 수없이 한숨을 쉬고 불평하면서 밸프
레드는 달콤한 잠에서 빠져나왔다. 그런데 딱딱하고
날카로운 뭔가가 하체에 와 닿았다. 예기치 못한 불쾌
한 감촉에 그는 신경질적으로 엉덩이를 긁었다. 그러자
뾰족한 무언가가 가슴까지 이동해 분홍색 유두 밑을
찔렀다. 밸프레드는 팔을 들어 성냥을 긋고 램프에 불
을 붙였다. 그리고 이불을 옆으로 밀쳐냈다. 밝은 곳에
서 문제의 골칫거리를 확인하기 위해서였다. 순간, 눈앞
에 놀라운 광경이 펼쳐졌다. 어른 크기의 해골이 옆에 누
워 있었던 것이다. 그는 홱 하고 이불을 끌어당겼다. 갈

비뼈 안쪽에서 심장이 세차게 요동쳤다. 밸프레드는 눈을 감고 잠에서 아직 덜 깬 것뿐이라고 생각했다. 그리고 자기를 찾아온 해골 친구가 지나치게 선명한 꿈이라고 믿었다.

밸프레드는 자기 생각에 안도하며 한 손을 몸통 옆으로 힘없이 늘어뜨렸다. 그때였다. 손가락이 자기 것이 아닌 누군가의 넓적다리뼈 위로 떨어졌다. 깜짝 놀란 밸프레드가 가슴께로 손을 끌어당겼다. 속보로 핌불산을 올랐다가 곧바로 하산한 것처럼 숨결이 거칠어졌다. 그가 한 손을 뻗어 침대 철책을 손톱으로 긁어보았다. 이불 때문에 소리가 작았지만, 해골은 분명 실재했다. 밸프레드가 체념한 듯 한숨을 내쉬며 이불을 걷어찼다. 이미 벌어진 일은 받아들이는 게 상책이었다.

"벌써 일을 시작하려고?" 굵고 낮은 미지의 목소리가 물었다.

밸프레드는 고개를 끄덕였다. 젠장, 대단한 악몽이군! 공포감에 입안이 바싹 말라왔다. 구강건조증은 식도 안을 타고 내려가 곤두선 목덜미 안쪽을 콕콕 찔렀다. 털이 거꾸로 몸 안쪽으로 나서 목 안을 자극하는 듯했다.

"꿈이라고 말해." 그가 나지막한 목소리로 속삭였다. "넌 누구냐?"

해골은 깊게 파인 눈구멍으로 밸프레드를 응시했다. 그러고는 치아가 없다는 사실을 상대방에게 확인시키려는 듯 몇 차례 턱뼈를 딱딱 부딪쳤다. 해골이 말했다.

"나는 아서라고 해. 건강을 위해 좀 쉬려고 하는데, 네가 몸을 너무 많이 뒤척였어. 그래서 내가 널 팔꿈치로 좀 찔렀지."

밸프레드는 해골의 텅 빈 눈을 들여다보았다. 해골이 짚을 채운 매트에 누우며 말했다.

"이런! 현기증이 아니야. 내가 누구인지 이젠 너도 알잖아. 지금은 문제를 조용히 해결할 때야. 뭐든 물어봐. 그래야 네가 좀 편해질 거야."

"너도 술 마셔?" 밸프레드가 물었다.

"그럼." 아서가 고개를 끄덕이자 목뼈에서 우두둑거리는 소리가 났다. "나는 네가 마시는 건 전부 다 마셔, 밸프레드."

마음에 드는 대답이었다. 해골에 대한 공포감을 누그러뜨리고 자연스러운 호감을 불러일으키기에 충분했다. 밸프레드는 자리에서 일어나 해골 너머를 응시했다.

"난 해골에게 나쁜 마음이 있진 않아." 그가 상냥한 어조로 말했다. "그런데 너도 느꼈겠지만, 두 사람이 쓰기엔 침대가 너무 좁아. 그래서 말인데, 당분간 여기서 지낼 생각이라면 한센에게 침대를 하나 새로 만들어달라고 하는 게 어떨까? 굳이 관에 눕고 싶은 게 아니라면."

아서가 삐걱거리며 몸을 일으켜 침대 밖으로 나왔다.

"한센이 일어나면 물어보자. 그동안, 식탁에 누워 있어도 되겠지? 그러면 우리 둘 다 날이 밝기 전까지 몇 시간이라도 잠다운 잠을 더 잘 수 있을 거야."

밸프레드가 고개를 끄덕였다. 그리고 침대 끝에 뺨을 대고 회개하는 마음으로 아서를 바라보았다.

"저기, 네가 일어났으니까 하는 말인데, 주방 찬장에서 정어리 통조림 좀 꺼내다 줄래? 그러면 정말 고맙겠어."

아서가 정어리를 가져다주자 그들은 우애 있게 먹을 것을 나눠 먹었다. 밸프레드는 말라빠진 손가락이 깡통 속에서 어떻게 작은 물고기를 꺼내 커다란 아가리에 집어넣는지 보고 놀라움을 감추지 못했다. 정어리는 아서의 손가락을 떠나 입안으로 들어가자마자 흔적도 없이 사라졌다.

"어떻게 했어?" 밸프레드가 물었다.

"나도 몰라."

아서가 고개를 뒤로 젖히고 한 잔 분량의 기름을 목구멍 안으로 쏟아부었다.

"너는 알아? 네 턱뼈 속에서 어떤 일이 벌어지는지?"

수긍이 가는 대답이었다. 밸프레드가 해골에게 상냥한 미소를 지었다.

"그런데 아서, 고기는 어떻게 씹어? 너는 이가 없잖아."

"늘 네 걸 빌려 썼어." 아서가 대답했다.

밸프레드가 코를 긁었다.

"아서, 그건 안 돼. 너도 봐서 알겠지만, 틀니가 거의 새거거든. 나는 이걸 누구에게도 빌려줄 마음이 없어."

"그러면 내 이를 적어도 몇 개는 남겨뒀어야 해." 아서가 대답했다. "하나는 고기를 위해, 또 하나는 생선을 위해."

"내가 네 이를 전부 다 뽑았다고?"

밸프레드가 물었다. 그리고 주방 벤치에 누운 아서를 바라보았다.

"말 그대로야."

아서가 넓적한 턱뼈를 두드렸다.

"옛날에는 여기에도 이가 있었어."

밸프레드는 그 부분은 확실히 해둬야겠다고 생각했다. 하지만 갑자기 몸이 무거워지며 온몸에 힘이 빠지는가 싶더니 머리가 옆으로 기울어졌다.

"무슨 소린지 모르겠어." 그가 말했다. "그래도 네가 내 해골이라는 사실은 믿을 수 있을 것 같아."

아서가 하품을 했다.

"맞아, 네 말대로 난 네 해골이야. 지금은 잠시 네 몸을 나와 자유를 누리고 있지만. 그러니까 안심해. 이런 상태로 네 곁에 영원히 있지는 않을 테니까. 그런데 바깥에 나와서 세상을 보니까 좀 이상하긴 하다."

"저런."

밸프레드가 웃음을 터뜨렸다.

"헤, 헤, 그렇겠네! 아서, 난 괜찮으니까, 얼른 쉬도록 해. 나는 나대로 여기서 조용히 쉴게."

"그래, 나도 그러고 싶었어." 아서가 대답했다. "너도 이전과 좀 다르다는 걸 느끼겠지. 네가 활기찬 사람이 아니었으니 더 그럴지도 몰라. 그래도 아직 누울 만큼의 힘은 남았지?"

"충분해." 밸프레드가 긍정적으로 말했다.

그가 짚을 채운 매트리스에 누워 눈을 감았다.

"거기도 편해?"

"응, 괜찮아." 아서가 대답했다. "정확히 말하자면 네 안에 있을 때가 훨씬 더 편하지만."

한센 중위는 평상시처럼 정각 8시에 기상했다. 잠에서 깨어나자마자 그는 침대 밖으로 뛰어나가 무릎 굽혀 펴기를 시작했다. 10회 구령이 떨어진 때였다. 한센이 갑자기 동작을 멈추고 눈을 동그랗게 떴다. 중위의 두 눈이 벤치에 누운 아서의 텅 빈 눈구멍과 마주쳤다.

중위는 맨발인 발뒤꿈치를 부딪치며 어색하게 경례했다.

"안녕하세요." 한센 중위가 예의 바르게 안부를 물었다.

아서가 미소를 짓자, 한센은 후두부까지 이어지는 해골의 미소를 뚫어져라 쳐다보았다.

"난 아서라고 해." 아서가 대답했다. "운동이 힘들지 않아?"

"아침 운동을 전혀 안 하세요?"

중위가 놀란 눈으로 해골을 쳐다보았다. 아서는 부정적으로 고개를 저었다. 그리고 나무라는 눈초리로 밸프레드를 흘겨보았다. 밸프레드가 침대 끝에 머리를 기댄 채 조용히 웃었다.

"기상!" 한센의 호령에 아서가 뼈마디를 덜거덕거리며 벤치에서 내려갔다. "그리고 나를 따라 하십시오. 엉덩이가 바닥에 닿을 때까지 무릎을 완전히 접었다가 등을 똑바로 세우고 일어난다. 그다음에는 몸을 앞으로 뻗고 뒷다리 관절을 쭉 편다. 이런, 그 삐거덕거리는 소리는 뭡니까? 유연성이 부족하군요. 이제껏 자신의 몸을 돌보지 않은 걸 부끄러워하십시오. 다시 반복한다, 하나, 둘, 셋, 넷……."

아서가 리듬을 타기 시작했다. 두 동료는 10여 분간 지속된 운동에 녹초가 되었다. 밸프레드는 그들을 보고 감탄했다.

"한센, 커피를 잊지 마." 밸프레드가 침대에서 소리쳤다. "지금쯤 물이 끓겠다."

한센은 운동을 중단하고 콧수염 싸개를 풀어 바지에 꿰찼다. 그가 격려하는 얼굴로 해골을 바라보았다.

"아서, 당신도 잘할 수 있습니다. 커피를 마신 뒤에 제가 다른 운동법을 가르쳐드리겠습니다."

아서와 한센은 친구가 되었다. 밸프레드의 꿈속에서 그들은 세상에서 이보다 더 자연스러운 일은 없다는 듯 더없이 조화로운 모습으로 공존했다. 아서는 모르는 것이 많았지만, 중위는 프레데리시아 군사학교의 신병을 가르치듯 아서를 살뜰히 보살폈다. 그런데 아서가 다른 사람들에 비해 유달리 추위를 심하게 탔다. 피하지방과 피부조직이 없어서였다. 그런 아서를 위해 밸프레드는 곰 가죽 바지와 순록 가죽 아노락, 개 가죽으로 안감을 댄 펠트 카미크를 빌려주었다. 이렇게 입혀놓으니 풍채가 당당하고 잘생기기까지 한, 개성 있는 용모의 사내처럼 보였다.

한센은 아서와 함께 여우 덫을 살피러 다니며 새내기에게 사냥법을 전수했고, 아서는 오래지 않아 포획 틀과 올무를 이용한 사냥 비법에 통달했다. 재빠른 솜씨로 여우 가죽을 벗기고 무두질을 하는 것은 물론, 건포도 빵과 라르동* 크레이프를 만드는 기술도 어느새 스승을 뛰어넘었다.

밸프레드에게는 천국 같은 나날이었다. 꿈이든 생시든 상관없었다. 아서가 휴가를 원해서 이것저것 변명할 필요 없이 연체동물로 변해 먹고, 마시고, 가끔 비워내는 일만 해도 되었다.

봄이 왔다. 어느 일요일이었다. 봄은 흐르는 강물처럼 은빛으로 반짝이며 개들의 강을 지나 핌불산을 내려왔다. 그리고 순식간에 집을 관통해 온 세상을 타오르는 빛으로 채웠다. 눈부신 봄 햇살에 밸프레드는 일찍 잠에서 깨어났다. 몇 달간 누워서 보낸 뒤라 기분도 상쾌하

———

* 두툼한 베이컨을 손가락 한 마디 길이로 잘라놓은 조각.

고 몸이 가벼웠다. 바닥을 내려다보자 겨우내 나무판자 사이에 낀 때가 햇살에 맨몸을 여실히 드러냈다. 그가 커다란 코를 실룩거리며 방 안 공기의 냄새를 맡았다. 멋들어진 수염 속에서 행복한 웃음이 터졌다.

"친구들, 저걸 좀 봐, 봄이 와서 새들이 지저귀잖아. 따스함이 뼛속까지 파고드는 계절이야."

밸프레드의 말에 잠에서 깨어난 한센과 아서가 바닥에서 빠른 속도로 자리를 옮기는 햇살을 바라보았다. 아서가 놀라며 탄성을 질렀다.

"밸프레드, 방금 뼛속까지라고 했어? 나는 늘 이 시기가 오면 뭐가 나를 그렇게 따뜻하게 감싸는지 궁금했어."

아서는 뼈가 다 드러난 손가락을 빛 속으로 집어넣으며, 호기심 가득한 눈으로 노란빛을 관찰했다.

한센 중위는 서둘러 옷을 입고 밖으로 나갔다. 그는 다이너마이트 폭발로 폐허가 된 오두막 잔해 속에서 반짝이는 봄 바다를 보며 경탄했다. 따뜻한 빛으로 가득한 바다를 보자 활력이 솟고, 아이슬란드 스웨터의 안까지 비집고 들어온 봄바람에 감미로운 추억에 젖었다.

한센은 콧구멍을 들썩이며 태양을 향해 돌아섰다. 가슴 가득 행복감이 밀려들고, 온 존재가 환희에 차올랐다. 어디선가 오디와 야생자두 냄새가, 새싹과 젖은 흙 냄새가 났다. 향기로운 냄새는 마르고 긴 몸을 관통하며 허리띠 아래로 가벼운 쾌감이 일게 했다. 그는 놀라서 당혹감을 감추지 못했다.

한센 중위는 오전 11시의 커피 타임에 친구들을 초대했다. 그가 말했다.

"봄이 왔어. 그러니까 곧 내 몸에도 무슨 일이 일어날 거야. 그래서 말인데 밸프레드, 여행을 떠나면 어떨까 해."

밸프레드가 걱정스러운 얼굴로 동료를 바라보았다.

"맙소사, 한센, 설마 또 그 일이 일어났어? 아니지? 제발 그것만은 안 돼!"

"안심해, 밸프레드. 다행히도 내 안에서 부글거리는 게 이번에는 좀 다른 쾌감이니까." 한센이 대답했다. "이번 건 봄에 여행을 떠나고 싶어 하는 사내의 욕망이야."

밸프레드가 안도감에 한숨을 내쉬었다.

"아, 그런 거였어? 그런 욕망이라면 괜찮아. 여자에 대한 욕구에 사로잡힐 때보다 훨씬 덜 심각해. 그런데 한센, 어딜 가고 싶은데?"

"봄의 사절이 되어 연안을 돌며 친구들을 만나러 가고 싶어." 한센이 갑자기 서정 시인이 되어서 대답했다. "봄의 위대한 기적을 알리러."

"흠, 뭔가 종교적인 냄새가 나는데." 밸프레드가 수

상한 낌새를 눈치채고 물었다. "아니길 바라지만 한센, 혹시 개종했어? 종교에 귀의한 건 아니지?"

"어떤 면에서는 그렇다고 할 수도 있어." 중위가 수긍했다. "하지만 지옥의 신부처럼은 아니야. 이서, 어때? 같이 갈 거지?"

아서가 열정적으로 고개를 끄덕였다.

"응, 시간이 허락하는 한 최대한 많은 걸 보고 싶어. 밸프레드의 몸속에서 경험하는 건 한계가 있거든."

밸프레드가 미소 지었다.

"당연히 그렇겠지. 짐이 될까 봐 걱정될 뿐, 건장한 두 사내가 나처럼 물러빠진 소시지를 데려가준다면야 나도 친구들을 만나러 가고 싶어."

아서와 중위가 그렇지 않다며 물러빠진 소시지를 안심시켰다. 밸프레드도 봄의 전령이 되어 기지 순방에 나서기로 했다. 이참에 아서를 친구들에게 소개해주는 것도 나쁘지 않을 듯했다. 이윽고 건장한 두 사내와 흐느적거리는 소시지의 비요르켄보르행 여행이 시작되었다.

밸프레드는 순록 가죽 침낭에 포근하게 감겨 썰매에 가로로 누웠다. 반질반질한 대머리에 빨간 양모 모자를 쓰고, 피오르두르가 짠 숄을 두른 채 틀니 뒤로 새로 꺼낸 씹는담배를 장착했다. 즐거운 마음에 밸프레드가 파랗고 작은 눈을 반짝이며 중위에게 말했다.

"헤, 헤, 한센, 깃대를 내리러 남쪽 곶에 안 가도 된다니, 정말 다행이야. 한숨 놓았어."

중위가 고개를 크게 끄덕였다. 그는 체온을 유지하려고 아서와 함께 썰매 뒤에서 달리고 있었다.

"남쪽 곶이 뭐야?" 아서가 물었다.

밸프레드의 자세는 씹는담배 즙이 흘러나오는 방향에 따라 달라졌다.

"아서, 남쪽 곶은 혈기 왕성한 사냥꾼들을 위한 일종의 영양소야. 상냥하고 예쁜 여자들이 있는 곳이지. 다용도 물건이 좋아하는 곳이라고나 할까?"

"다용도 물건? 그게 뭐야?"

"응, 그건 우리 몸에서 약간 아래쪽에 있는 부분을 말해. 한센의 튼튼하고 건강한 두 다리 사이에 있는 물건을 지칭하지. 그리고 남쪽 곶의 여자들은 예뻐. 검은 머리카락에 밤색 눈, 따뜻하고 밝은 미소를 지녔어. 얼마나 예쁜지 하느님 맙소사야. 그 여자들의 환대는 정말 거부하기 힘들어."

"어떤 식으로 환대를 하는데?"

"헤, 헤, 어떤 식이긴! '어서 오세요'라고 말하며 미소

짓지. 그러면 들어가지 않고는 못 배겨. 그 유혹을 뿌리칠 사냥꾼은 없어. 안으로 들어가면 예쁜 여자들이 말괄량이처럼 웃으며 커피를 끓이고 베이킹파우더가 들어간 건포도 과자를 대접해. 그런 다음에는 비요르켄이 양조한 이미아크 맥주보다 훨씬 더 시원한 이미아크를 내와."

"이미아크 다음에는?"

한마디도 놓치지 않기 위해 아서가 썰매 위로 몸을 기울였다.

"이미아크 다음에 뭐가 나오냐고 물었어?"

밸프레드가 더없이 순수한 표정으로 속이 빈 두개골을 바라보았다.

"응. 환대할 때 이미아크 다음에 또 뭐가 나와?"

"아, 그런 다음에는 당연히 모두가 원하는 걸 해주지. 아서, 남쪽 곳에서는 이 세상에 시시한 사람이란 없어."

아서의 커다랗고 둥근 두개골 속에서 수많은 질문이 들끓었다. 하지만 질문들이 서로 뒤얽혀 지금 당장은 입밖으로 내놓을 수 없었다. 아서는 모든 의문을 단호하게 꿀꺽 삼키고, 전부 알겠다는 표정으로 고개를 끄덕였다.

비요르켄보르 방문은 성공적이었다. 그들은 아서를 보고 처음에는 놀라 신중한 반응을 보였지만, 전부 악의가 있어서라기보다는 당혹감 때문이었다. 그도 그럴 것이 해골의 방문이 흔한 일은 아니었다. 여하튼 비요르 켄보르의 세 사냥꾼은 저녁이 지나는 사이 아서에게서 풍기는 천부적인 단순함에 깊이 매료되었다.

화덕에서 고기가 익는 동안 백작이 제조한 아페리티 프를 맛보기 위해 모두가 식탁에 둘러앉았다. 라스릴은 휘둥그레진 눈을 감히 아서 쪽으로 돌리지 못했고, 의자 위에서도 가만히 앉아 있질 못했다. 해골이 목을 뒤로 젖히고 텅 빈 턱뼈 사이로 포도주를 들이부을 때는 몸 을 부르르 떨었다.

낮짝은 새로운 동료의 시선을 피하려고 눈에서 안경 을 아예 제거했다. 아서를 멀리서 보고, 밸프레드의 말에 주저하지 않고 낯선 자의 손을 잡았지만, 그것으로 충 분했다. 죽은 자와 머리를 맞대고 눈을 마주치는 것은 그의 스타일이 아니었다.

비요르켄은 이 놀라운 현상을 두고 깊은 사색에 잠 겼다. 해골이 어떻게 몸 밖으로 나왔지? 이게 가능한 일 인가? 가능하다면, 대체 어떤 통로로 나왔나? 귓구멍과 콧구멍, 눈과 입을 제외하면, 그리고 실수가 없다면, 인 간에게는 단 두 개의 출입구밖에 존재하지 않는다! 그 건 그렇다 치고, 연골과 힘줄도 없는데 뼈들끼리 어떻게 저렇게 잘 지탱하고 있을까? 이런저런 생각이 오갔지만, 가만히 생각해 보니 해골의 탈출이 그렇게 신기하지만은 않았다. 이리저리 뒹굴기만 하는 밸프레드라면, 어떤 해골도 탈출을 감행할 수밖에 없을 듯싶었다. 게다가 밸프레드의 무기력한 신체는 이미 오래전부터 백골로 눈앞에 존재하는 아서와 별다른 차이가 없었다. 비요르켄이 아서 쪽으로 고개를 돌리고 말했다.

"아서, 기지 대장으로서 한마디 할게. 만나게 되어 무척 반가워. 그래서 말인데, 여행 옷을 벗은 너를 보고 우리가 당황한 표정을 지었더라도 이해해주길 바라. 놀라움은 지나갔으니까. 물론 그렇다고 네가 전적으로 자연스럽게 여겨지는 건 아니야. 그래도 받아들일 만은 해. 듣자 하니 밸프레드의 몸에서 슬쩍 빠져나왔다고 하던데, 지금은 어떻게 서로 연결되어 있지? 네가 보기에 밸프레드는 어때? 아, 궁금한 게 많아. 너에 대해 밸프레드가 어떻게 생각하고, 둘이 어떤 식으로 관계를 유지하는지…… 중요한 건 우리가 지금 함께 있다는 거겠지만. 어쨌든 처음에는 아교나 감자 전분 같은 세속적인 물질로 연결되어 있을 거라 생각했어. 하지만 결국 다른 결론에 도달했지. 그간 그린란드 북동부에서는 천지간에 도저히 일어날 수 없는 일이 많이 일어났거든. 우리 모두

차가운 처녀 엠마를 알고, 여기 있는 친구 라스릴은 선사시대의 젊은 에스키모 여자와 살림을 차렸어. 말하자면 우리 모두 세상에 두 번 다시 일어나지 않을 놀라운 일을 겪은 셈이지. 이 말은 즉, 우리가 이성과 이해관계를 초월한 수많은 일을 경험했다는 거고. 어디 그뿐인가? 우린 모두 할보르와 닐스 노인을 기억해. 할보르는 신의 은총을 입었고, 그런 다음에도 닐스 노인은 그림자처럼 그를 따라다녔어. 이미 죽었는데도 그랬지."

비요르켄은 자기도 모르게 나온 말이 명확해질 때까지 진지한 얼굴로 친구들의 얼굴을 하나하나 뜯어보았다. 잠시 후, 그가 말을 이었다.

"친구들, 아마 내 말을 다 이해하기는 힘들 거야. 세상 만물과 그 이치를 모두 아는 건 견딜 수 없는 중압감을 가져다주니까. 그래서 극소수의 사람만이 한없이 깊은 무지의 수렁에서 빠져나올 수 있어. 여기 모인 이들 중 단 한 사람만이 현자의 반열에 오를 수 있는 것도, 바로 그런 이유 때문이고."

비요르켄이 아첨꾼처럼 웃으며 손을 앞으로 내밀었다.

"아서, 비요르켄보르에 온 걸 진심으로 환영해."

비요르켄의 말에 아서가 일어서며 식탁 위로 몸을 기울였다. 그리고 기분 좋게 딱딱거리며 뼈 부딪치는 소리

를 냈다. 아서가 백골이 된 차디찬 손을 비요르켄의 손
바닥 위에 올려놓고 감동의 메시지를 전했다.

"고백하는데, 이렇게 따뜻한 대접을 받을 줄은 감히
예상도 못 했어. 밸프레드의 안전한 몸을 빠져나오며
몹시 불안했던 것도 그런 이유지. 그런데 이곳에 와서 내
생에 두 번 다시 경험할 수 없는 진귀한 경험을 했어. 살
아 있는 해골이 있는 그대로, 이렇게 허물없이 환영받을
수 있는 곳은 이 세상에 그린란드 북동부밖에 없을 거
야. 여기서는 아무도 대답하기 곤란한 질문을 안 해. 밸
프레드가 옛날에 뽑아서 이는 없지만, 그것만 제외하면
난 인간과 완전히 똑같은 요소로 만들어졌어. 나와 친
구들 사이에 존재하는 유일한 차이점은, 나는 눈에 보이
지만, 모두의 해골은 카미크를 벗고 땅에 묻혀 썩을 때
까지 숨겨져 있다는 거지. 하, 보다시피 나는 굉장히 감
동했어. 눈물이 다 나오려 하네! 북극은 세상 그 어느
곳보다 사랑, 자유, 관용으로 충만한 곳이야. 여기가 아
니라면 내가 어디서 또 이런 친구들을 만날 수 있겠어?"

이어 아서는 자리에 앉아 조용히 흐느꼈다. 이것이 낯
짝에게 코에 안경을 되걸게 했다. 그는 소리 없이 눈물 흘
리는 백골의 눈구멍에서 눈물이 어떻게 방울져 떨어지는
지 궁금했다. 그래서 마음을 괴롭히는 경계를 조심스럽

게 허물기로 했다. 자기가 내린 결정에 당혹감을 느끼고 그가 한 손으로 덥수룩한 머리를 빗어 올리며 말했다.

"아서, 코담배가 좋아, 아니면 씹는담배가 좋아?"

아서의 시선이 안경을 쓴 작은 남자에게 향했다. 그는 낯선 남자의 제안에서 배려심과 애정을 느꼈다.

"코담배." 그가 대답했다.

아서가 낮짝의 상자 안으로 손가락뼈 두 개를 집어넣어 야무지게 코담배 하나를 들어 올렸다.

코담배는 위턱 뒤로 사라져서 그 뒤로 두 번 다시 나타나지 않았다.

연안 어디서든 아서는 융숭한 대접을 받았다. 처음 한 번 놀라고 나면 누구도 밸프레드의 해골이 바깥바람을 쐬며 휴가를 보내고 싶어 한 사실을 이상하게 여기지 않았다. 모두가 알다시피 밸프레드는 누워 쉬는 걸 좋아했다. 하지만 그가 아무리 집 안에 틀어박혀 지내길 좋아한다고 해도, 자기 해골한테는 적어도 사는 기쁨을 선물해줄 의무가 있었다.

더욱이 자신을 지탱하고 있던 해골이 육체를 떠나기를 바랐다면, 그런 소풍을 위해 몸과 타협을 봤을 테니 더는 말할 필요도 없었다. 따라서 이 일은 전적으로 밸

프레드와 해골 사이의 일일 뿐, 다른 누가 상관할 바가
아니었다.

안톤은 아서에게 강한 애착을 느꼈다. 안톤은 문학적
상상 속에서 백골이 말하는 모습을 늘 떠올려왔고, 여
러 편의 아름다운 시를 써서 친구들에게 큰 소리로 읽어
주곤 했다. 하지만 그 시들은 쉽게 환영받지 못했다. 안
톤이 어려운 시기를 보내고 있었기 때문이다. 그래도 책
을 한 권이나 출간한 작가가 쓴 시이니만큼, 모두 정신
을 집중해 들었고, 지루한 낭송이 끝난 뒤에는 성심성의
껏 손뼉을 쳤다.

봄은 여름이 되었고, 아서는 처음으로 혼자 있고 싶어
졌다. 그리고 그 빛나는 생각을 실행으로 옮기고 싶어
했다. 베슬 마리호가 도착하기를 기다리며 모인 군중은
아서의 생각에 적이 놀랐지만, 모두 고개를 끄덕였다. 아
서의 단출한 외모를 보고 올슨 선장과 선원들이 바지에
오줌을 지릴 게 분명한 까닭이었다. 이런 이유로 한센
중위는 아서를 요트에 태워 왕의 보루로 데려갔다. 왕의
보루에는 간이침대 하나와 화덕 하나, 식탁 하나가 있
는 작은 오두막이 있었다. 한센은 톰슨곶에서부터 핌불
에 이르기까지 보급품 전달이 끝나는 대로 아서를 데리
러 오겠다고 약속했다.

그 후로도 아서의 이야기는 널리 회자했다. 언제나 그랬듯 해골의 말년을 두고 의견이 분분하기는 했지만, 몇 해가 지나자 발전과 발전을 거듭해 각자의 이야기마다 그럴듯한 개연성과 깊이를 얻었다. 물론 각각의 이야기는 화자의 개성에 큰 영향을 받았다. 예를 들면 치밀한 분석으로 아서 이야기를 연구한 비요르켄의 경우가 그랬다. 그는 아서에 관한 꿈이 북극을 떠나고 싶어 하는 벨프레드의 욕망이라며, 모든 것이 무의식적 방어 체계를 구축한 욕망의 발현이라고 주장했다. 그러나 여러 분분한 가설 중 가장 진실한 것은 벨프레드의 입에서 나온 이야기였고, 그의 말을 직접 들은 라스릴의 설명뿐이었다. 다음에 이어지는 이야기가 바로 그것이다.

아서가 휴가를 보내던 그해, 작은 프랑스 기선이 북위 73도 아래에 도착했다. 기선은 얼음이 적은 베가 해협을 지나 위메르섬을 우회하고는 오스카 왕의 피오르를 향해 기수를 돌렸다. 그리고 이른 아침, 역청을 입힌 판자로 뒤덮인 작은 오두막 높이에 닻을 내리고 과학자 네 명을 육지에 내보냈다.

과학자들은 집 안을 둘러보고 화덕 안에 남은 잉걸불을 확인했다. 그들은 집에 사람이 살고 있다고 판단하고, 히스밭에 자리를 잡고 앉아 집주인이 돌아오기를 기다렸다. 몇 시간을 기다렸지만 아무도 오지 않자, 그들은 오두막 뒷산으로 시찰을 나갔다. 그리고 그곳에서 아서를 발견하고 놀라서 돌처럼 굳었다.

한편, 아서에게 왕의 보루에서 보낸 시간은 기적 같았다. 뼈다귀 손가락으로 편안하게 두개골을 받치고 엎드려 몇 시간이고 자그마한 초롱꽃들의 흔들림을 관찰할 수 있었고, 피오르에서 불어오는 산들바람에 다정한 미소를 보낼 수 있었다. 히스밭에 벌거숭이로 누워 골수가 끓어오르다시피 할 때까지 즐기는 일광욕도 좋았다. 한번은 울새 두 마리가 그의 흉곽 안에 집을 지어 별안간 낮잠에서 깨어나기도 했지만, 그날 이후로 잘 때마다 메리야스를 착용해 문제가 되지 않았다.

아서는 과학자 네 명이 들어 올렸을 때도 깊은 잠에 빠져 있었다. 그가 낮잠에서 깨어난 것은 과학자들이 유골을 조심스럽게 요트 바닥에 내려놓은 때였다. 아서는 공포감에 휩싸여 낯선 얼굴들을 바라보았다. 이내 유명인이 되고 싶지 않다면 지금부터 입을 다물어야 한다는 생각이 들었다. 그 순간에도 아서에게는 그린란드 북동부에서 친구들과 살며 작은 꽃들을 바라보고, 태양에 몸을 그을리고 싶다는 강렬한 욕구뿐이었다.

프랑스 과학자들은 아서를 배 위로 끌어 올리고 톱밥이 깔린 상자 안에 조심스럽게 집어넣었다. 이어 뚜껑에 못질이 가해졌다. 그런데도 아서는 벙어리처럼 입을 열지 못했다.

라스릴이 비요르켄에게 밸프레드의 꿈 이야기를 전하며 결론을 내렸다.

"그렇게 아서는 파리까지 운반되었고, 기다란 치즈 덮개 속에 갇혀 전시되었대요. 혼자 힘으로는 빠져나올 수 없는 상황이었죠. 하지만 그보다 더 심각한 건 밸프레드가 아서를 되찾지 못했다는 거예요. 어디에 있는지 모르니까요. 그래서 밸프레드가 늘 그렇게 힘없이 무기력한 거래요."

"힘내, 친구. 다음번 꿈에서는 아서를 어디에 숨겼는지 반드시 밝혀질 거야." 비요르켄이 넌지시 의견을 제시했다.

"진짜요?"

라스릴이 감탄스러운 얼굴로 스승을 올려다보았다.

"친구, 이 세상에 불가능한 일은 없어." 비요르켄이 대답했다. "그걸 잊지 말도록 해."

기생충

혹은 치료의 부작용

닥터가 연안에서 가장 바쁜 사람이라는 것은 의심할
여지 없는 사실이었다. 그는 모르텐슨 무전기사의 라디
오 기지를 위해 전기를 생산해내는 것 외에도 전보를 안
전하게 배달하고, 그린란드 북동부의 유일한 의사로서
의 막중한 책임까지 도맡았다. 한편, 의사 역할 수행은
그에게 큰 만족감을 주었다. 닥터는 정확한 진단을 내
렸고, 외과적 수술에도 전혀 손을 떨지 않았으며, 다양
하고 폭넓은 의학적 지식을 지니고 있었다. 게다가 자연
요법은 물론 제약에 이르기까지 다양한 치료법을 사용

했다.

닥터는 침대 위 작은 선반에 '잡동사니'라고 쓴 라벨이 붙은 커다란 잼 단지를 보관하고 있었다. 단지 안에는 제목처럼 잡다한 물건이 들어 있었다. 예를 들면 이런 것들이었다. 중간에 큼지막한 검정 무늬가 새겨진 누리끼리한 헤르베르트의 어금니, 동상에 걸려 집게로 잘라낸 할보르의 거무스름한 발가락, 피오르두르의 등짝에서 빼낸 5센티미터 길이의 못, 피오르두르와 다툰 매스매슨의 궁둥이에서 신중하게 제거한 열두 개의 커다란 산탄. 그 외에도 석유램프의 불빛 아래서 모르텐슨이 에테르에 적셔준 걸레와 '검은 죽음'*으로 무장하고 마취 전문의가 되어 떼어낸 라스릴의 맹장도 있었다. 골동품이 되어버린 물건 중에는 한때 백작이 소유했던 것도 있었는데, 40센티미터에 달하는 나선형의 생기 없는 회색빛 생물이 바로 그것이었다. 이 생물은 모두의 목숨을 위협해서 닥터의 치료에 큰 부작용을 일으킨 원흉이었다. 닥터는 가끔 나선형 생물을 꺼내 손가락에 끼우고 만지작거렸다. 그리고 그로버만에서의 그 감동적인 날

———

* 아이슬란드 증류주의 일종.

을 회상했다.

곰 사냥을 떠나온 시워츠와 작은 페데르센은 추격 중에 북동쪽으로 지나치게 멀리까지 이동했다는 사실을 알았다. 예상치 못한 일이었지만 둘은 기회를 틈타 백작과 볼메르센의 집에 들르기로 합의했다. 다른 기지의 친구들과 잡담을 나눈 지 오래되어 따분하던 참이었던 데다 사방이 눈으로 둘러싸이고 북극에 긴 밤이 찾아와 수평선조차 한계가 없는 듯 여겨진 탓이었다.

백작과 볼메르센의 집에 도착한 그들은 자리에 누워 앓는 백작을 발견했다. 증상은 약간의 피로감과 헛구역질, 몇 차례의 구토 등 비교적 가벼웠지만, 병세가 훨씬 위독해서 백작은 포도주를 전혀 입에 대지 않으려 했다. 볼메르센이 걱정스러운 얼굴로 말했다.

"겨우 기어 다녀. 빨리 치료하지 않으면 매년 난 혼자 밭을 매야 할 거야. 백작은 삶에 대한 의욕을 전부 잃은 사람 같아."

시워츠와 작은 페데르센은 도움을 청하러 가기로 했다. 시워츠는 닥터를 찾으러 룸펠곳으로 갔고, 작은 페데르센은 스키를 타고 톰슨곳까지 올라가 매스 매슨과 검은 머리 빌리암에게 그로버만에 들이닥친 불행한 소식을 알렸다.

소문은 그린란드 동부에 재빠르게 퍼졌다. 닥터가 도착하기도 전에 게스 그레이브의 주민들과 로스만의 로이비크, 비요르켄보르의 친구들이 식탁을 앞에 두고 백작의 작은 거실에 모여 앉았다.

닥터가 들어서자, 관례에 따라 모두가 입을 다물었다. 벌써 심리검사에 착수한 비요르켄도 마찬가지였다. 백작은 진찰을 받기 위해 침대 밖으로 끄집어내 식탁 위에 눕혀졌고, 닥터에 의해 잠옷 셔츠뿐만 아니라 긴 양모 팬티까지 벗겨졌다. 그러자 귀족의 끔찍하게 마른 알몸이 드러났다. 얼마나 야위었는지 가슴에 새긴 호밀 이삭 두 개가 배꼽까지 고개를 숙일 정도였다.

"빌어먹을, 위독하잖아." 매스 매슨이 슬프게 속삭였다. "꼭 저세상으로 갈 준비가 된 사람 같아."

"아직 그 정도는 아니야." 피오르두르가 반박했다. "말을 시키면 대답은 해."

닥터가 모두에게 조용히 해달라고 요청했다. 백작의 폐소리를 들어야 하기 때문이었다. 의사의 요청에 모두 숨을 참았고 백작은 반대로 숨을 크게 들이쉬고 내쉬었다.

닥터는 백작의 등을 가볍게 두드리고, 눈과 귀, 목구멍을 꼼꼼하게 살폈다. 이어 심장박동을 체크하고, 맥박을 짚었다. 그 밖의 다른 자잘한 검사가 진행되는 동안에도 말 한마디 하지 않았다. 진찰을 마치고 백작을 침대로 옮겨놓은 뒤에는 식탁에 앉아 나무판자를 두드리며 생각에 잠겼다.

"심리적인 문제가 분명해." 비요르켄이 단정 지었다.

닥터는 대답하지 않았다. 사색에 빠진 듯 여전히 식탁을 두드릴 뿐이었다. 그는 머릿속으로 의사 입문서를 한 장 한 장 넘겼다. 그러나 백작의 병이 어디서 연유했는지 정확한 원인을 찾을 수가 없었다.

"어쩌면 유전병일지도 몰라요." 라스릴이 의견을 내놨다. "매독 말이에요. 귀족들에게는 그런 일이 종종 일어나잖아요. 티스푼으로 테스트를 해봐야 하지 않을까요?"

닥터는 대답을 피했다. 그때 로이비크가 그럴싸한 의견을 내놓았다.

"나는 백작의 몸속에 뭔가 못된 게 들어 있다고 생각해. 그걸 빼내면 안 될까?"

그제야 닥터는 고개를 끄덕이며 반응을 보였다.

"완전히 불가능한 일만은 아니야." 그가 대답했다. "증상으로 봐서는 그런 종류의 것이 의심되거든. 아주까리기름을 투약해야겠어."

"아주까리기름이 없어." 볼메르센이 대답했다. "식용유도 없는걸."

이런 상황에서는 대부분 입을 다무는 낮짝이 소곤 댔다.

"기름이 왜 없어? 바다표범 비계에서 기름을 짜내면 되잖아. 개들에게 먹이려고 썰매에 싣고 온 턱수염 바다 표범이 있어. 그거면 충분할 거야."

닥터가 낮짝의 의견에 찬성했다. 시워츠와 피오르두 르는 바다표범 비계를 냄비 속에 유숙시켜 녹이기 시작했다. 잠시 후, 그들은 액체가 된 비계를 500리터들이 맥주 컵에 따라 거실로 가져갔다. 백작의 완강한 저항에 빌리암이 환자의 코를 막아 공기의 유입을 차단했다. 그러고는 백작이 숨을 쉬기 위해 절망적으로 발버둥 치며 입을 벌리는 순간, 닥터가 기회를 놓치지 않고 재빨리 환자의 목구멍에 기름을 쏟아부었다.

약물 투입을 끝내고 다들 백작을 평화롭게 쉬게 했다. 백작은 떨리는 목소리로 친구들에게 고맙다고 말하며 1934년산 그로버만 포도주를 권했다. 1934년은 쓰레기통에 버려도 좋을 만큼 질 나쁜 포도주가 생산된 해였다.

이튿날 아침, 라스릴이 처음으로 일어났다. 혹시나 하는 마음에 그는 먼저 환자를 들여다보았다. 마르고 창

197

백한 얼굴 위로 램프의 불빛을 비춰보던 라스릴이 비명을 질렀다. 그가 소리쳤다.

"백작이 죽은 것 같아요! 코에서 지렁이가 나오고 있어요!"

닥터는 깜짝 놀랐다. 그는 겁을 집어먹고 온몸이 굳어버린 청년에게서 램프를 뺏어 들고 환자의 얼굴을 비춰보았다.

"맙소사, 이게 어떻게 된 일이지?" 그가 중얼거렸다. "의사 입문서에도 이런 경우는 언급된 적이 없어."

사냥꾼들이 백작의 침대를 둘러싸고 반원을 그리며 몰려들었다. 그리고 그들도 라스릴이 본 것을 보았다. 끔찍했다. 백작의 왼쪽 눈으로 지렁이처럼 길고 가느다란 피조물이 기어 나오고 있었다. 벌레는 갈 길을 정하지 못한 듯 주저하며 백작의 콧구멍을 향해 뾰족한 머리를 흔들었다. 백작이 눈을 뜨자 벌레가 백작의 기다란 속눈썹 사이로 기어가 몸을 뒤틀었다.

라스릴이 울음을 터뜨렸다.

"놈이 백작의 몸 안을 전부 갉아먹었나 봐요. 그런데도 아직 살아 있어요. 불쌍한 백작."

"이건 전부 히스테릭한 심리에서 비롯된 거야." 비요르켄이 감정의 동요 없이 선언했다. "잘 보라고, 이건 순전히 암시 작용에 지나지 않아. 사실 저건 벌레가 아니야. 라스릴의 소아기적 히스테리가 유발한 환영에 불과하단 말이지. 모두는 지금 자기가 믿고 싶은 걸 보고 있어."

"너는 벌레가 안 보여?" 낮짝이 물었다.

낮짝은 귀족의 눈에서 나오는 끔찍한 생물을 제대로 보려고 안경을 썼다.

"물론이야, 내 눈에는 벌레가 안 보여." 모욕을 당한 듯 살짝 기분 나쁜 표정으로 비요르켄이 반박했다. "왜냐하면 나는 이런 걸 믿지 않거든."

"염병, 두더지보다 더 눈이 나쁜가 보네. 벌레가 나오는 게 저렇게 뻔히 보이는데, 안 보인다고? 그럼 이번에는 네가 틀렸어." 매스 매슨이 버럭 고함을 쳤다.

비요르켄은 톰슨곶의 기지 대장을 오만한 표정으로 바라보았다.

"내가 거짓말을 했다는 말이야?"

"벌레가 보이지 않는다며! 그게 거짓말이 아니고 뭐지?"

매스 매슨이 팔을 휘둘렀다. 자기 의사를 좋은 의미에서 친구들에게 표현하기 위해서였다. 그런데 불행히도 그의 손이 비요르켄의 가슴에서 경주를 끝냈다. 그 즉시 반격이 가해졌다. 비요르켄이 이마로 매스 매슨을 박자,

매스 매슨의 이 하나가 부러져 바닥에 떨어졌다.

"똥 같은 자식!" 매스 매슨이 고함쳤다. "빌리암, 너도 봤지?"

검은 머리 빌리암이 고개를 끄덕였다. 그러고는 비요르켄의 기지 동료이자, 싸움이 시작되자마자 도망을 치려던 낯짝의 앙상한 얼굴에 주먹을 내리꽂았다. 빌리암의 일격에 낯짝은 안경이 목덜미까지 내려오며 일순간 시력을 잃었다.

피오르두르는 비요르켄 편에 섰다. 그는 아직도 매스 매슨에게 원한을 품고 있었다. 빌리암이 바닥에 떨어진 이를 주우려 앞으로 몸을 굽힌 순간이었다. 그가 빌리암 쪽으로 날아올라 단번에 묵사발을 만들었다. 매스 매슨은 그것을 보고 가만히 있을 사람이 아니었기에 부지깽이를 들고 피오르두르의 등을 냅다 후려쳤다. 얼마나 세게 쳤는지 피오르두르는 몸도 가누지 못하고 뒤로 넘어가며 안톤의 넓적다리뼈 위로 고꾸라졌다. 이에 헤르베르트가 싸움에 끼어들었다. 안톤의 복수를 위해서였다. 헤르베르트는 철제 솥을 로이비크의 머리 위로 휘둘렀다. 그 결과 로이비크는 식탁 밑에서 깊은 동면에 들어야 했다. 한바탕 소동이 일었다. 그때, 난장판 속에서 상황을 예의주시하던 안톤조차 자신의 이름을 걸고 볼메르센이 담뱃잎을 널어 말리고 있던 나무판자를 집어 들어 힘껏 피오르두르의 뒤를 갈겼다. 순간 피오르두르가 비명을 질렀다. 나무판자 끝에는 5센티미터 길이의 못이 박혀 있었다.

그 아침 동안 그로버만에는 고함과 비명이 난무했다. 백작은 침대에 누워 패싸움을 구경했고, 그의 눈에서는 벌레가 기어 나왔다. 북극에서 수많은 싸움을 봐왔지만, 이번처럼 눈이 풍요로운 적은 없었다. 백작은 가끔 사팔눈을 하고 벌레가 길어지는지 살폈다. 벌레가 꿈틀거릴 때마다 뺨 밑이 살짝 가려웠다.

패싸움은 피오르두르가 우발적으로 백작의 사냥총을 발사해 우박처럼 매스 매슨의 엉덩이에 산탄 구멍을 낸 다음에야 종료되었다. 놀란 듯 더없이 난처한 얼굴로 총을 응시하는 피오르두르에게 모두의 시선이 집중되었다.

"난 단지 총으로 한 대 갈길 생각이었어." 그가 중얼거리며 자기 자신을 변호했다. "진짜야. 쏠 생각은 전혀 없었어."

매스 매슨이 바닥에서 몸을 비비 꼬았다.

"내 엉덩이." 그가 신음했다. "아! 난 죽을 거야!"

"진짜야, 정말 미안해." 피오르두르가 말을 더듬었다.

그가 절망적으로 커다란 손을 만지작거렸다.

"그저 좀 웃자고 한 짓인데, 미안해."

"웃자고 한 짓이라고?" 매스 매슨이 으르렁거렸다. "웃자고 하는 게 어떤 건지 내가 확실히 보여주지, 멍청이. 꺼져! 이 머저리 같은 아이슬란드 놈!"

닥터는 그날 무척 바빴다. 그는 먼저 타타르 스테이크를 연상시키는 매스 매슨의 엉덩이를 보살폈다. 피부에 박힌 산탄 조각을 일일이 제거하고, 매스 매슨의 불타는 엉덩이에 럼주를 한 잔 가득 들이부었다. 그러고는 다른 네 명의 사내가 인내심을 완전히 잃기 전에, 노련한 손놀림으로 매스 매슨의 남은 치아 조각을 뽑았다. 이어 헤르베르트가 검은 머리 빌리암과 몸싸움을 벌일 때 삐끗한 팔뼈를 제자리에 돌려놓고, 볼메르센의 살짝 찢진 두피를 꿰맸다. 마지막으로는 헤르베르트와 싸우는 동안 반이 잘려나간 시워츠의 귀에 매달렸다. 시워츠는 마루의 생나무 판자 위로 넘어지며 귀가 두 동강이 났다. 싸움에서 피해를 입지 않은 사람은 작은 페데르센뿐이었다.

소란이 종결되자 사냥꾼들은 백작의 포도주를 둘러싸고 앉아 패싸움의 요점을 정리했다. 그때, 백작의 침대에서 라스릴의 외치는 소리가 들려왔다.

"꺅, 벌레가 내 팔만큼 길어졌어요! 놈이 백작의 가슴에서 호밀 이삭 사이를 이리저리 돌아다녀요! 막 꿈틀대면서요."

사냥꾼들은 사태를 파악하려 걸음을 재촉했다. 모두가 놀라 벙어리처럼 말문을 잃은 채 지켜보는 사이, 백작의 몸 밖으로 기어 나온 벌레는 하늘을 향해 위풍당당하게 아까까지만 해도 머리였던 꼬리를 쳐들었다. 닥터는 벌레를 집어 들고 식탁으로 가져갔다.

닥터가 볼메르센을 바라보며 말했다.

"혹시 집에 소금에 절인 청어가 있어?"

볼메르센이 고개를 끄덕였다.

"이번 여름에 배가 왔을 때 외국에서 큰 통으로 하나 들여왔어."

"그래서 먹었어?"

"응, 백작만 먹었어. 나는 좋아하지 않아서 안 먹었고. 그런데 그건 왜, 닥터?"

"이 매력적인 짐승이 기생충이거든." 닥터가 대답했다. "더 정확히 말하자면 고래회충이고."

닥터는 모두가 볼 수 있게끔 회충을 들어 올렸다.

"와, 닥터, 굉장해요!" 라스릴이 감탄했다.

"어쨌든 이놈은 멍청이의 표본이야. 방향 감각을 완

전히 잃은 얼간이지."

벌레가 닥터의 손가락을 둘러싸고 나선형 모양으로 몸을 꼬았다.

"불쌍한 녀석! 게다가 여자네! 이 크기를 봐. 지금쯤 녀석의 형제들이 백작의 몸에서 빠져나올 구멍을 찾고 있을 거야. 이놈은 바보같이 길을 반대로 들어선 거고. 백작이 연달아서 해대는 기침 때문이었을 거야. 어리석은 놈이지. 감히 인두까지 올라와 눈물샘으로 나올 깜찍한 생각을 했으니까. 위나 장에 있다가 얌전히 항문으로 나왔으면 좀 좋아."

닥터가 자리에서 일어나 자전거에서 잼 단지를 가져 왔다. 그러고는 벌레를 다른 골동품들 사이에 집어넣고, 주변을 둘러보며 미소 지었다. 그가 말했다.

"난 장내 기생충에 대해선 아는 게 별로 없어. 그런데 이 녀석 덕분에 꽤 많은 걸 알게 되었어. 그래서 표본으로 남겨두려고."

닥터가 화끈거리는 엉덩이를 쿠션에 걸친 매스 매슨과, 등에서 못을 빼낸 피오르두르, 봉합한 볼메르센의 머리와, 일탈을 끝내고 제자리에 가 붙은 헤르베르트의 팔, 시워츠의 귀를 차례차례 응시했다. 잠시 후, 그가 말했다.

"이런 건 의사 입문서에도 나와 있지 않아. 하지만 이 번 경험을 통해 확실히 알게 되었지. 고래회충이 이렇게 나 많은 부작용을 일으킬 수 있다는 걸."

터무니없는 거짓말

—

이번 장에서 라스릴은 검은 죽음의 위
험성을 확인하게 된다

몇몇 독자는 라스릴이 족히 250살은 된 젊은 에스키
모 여자와 사나운 사랑에 빠져 비요르켄에 의해 덴마크
로 송환된 사건을 기억할 것이다. 덴마크로 간 청년은
국립 병원에서 특별 치료를 받고, 정신과 전문의에 의해
다시 핀켈포 박사에게 보내졌다. 그리고 이듬해 여름,
반짝이는 동전처럼 앞도 뒤도 새로워져 연안으로 돌아
왔다. 그런데 습관에 반응하는 파블로프의 개처럼, 핀
켈포 박사의 처방전으로부터 완전히 자유로워지진 않
았다.

이것이 젊은 사냥꾼이 빨간 양초를 연안에 들여온 이유였다. 빨간 양초는 걱정을 덜어주고, 액운을 막아주며, 우울한 생각으로부터 정신을 지켜주는 일종의 부적이었다.

모두가 알다시피 드높은 지성의 소유자이며, 다른 이들과 달리 정신의학 분야에도 해박한 지식을 소유한 비요르켄은 경멸스럽다는 듯 콧방귀를 뀌며 핀켈포 박사의 무능함을 비웃었다. 병리학적으로 보더라도 박사의 처방은 역효과만 낼 사악한 것이며, 유아기적 도착증에서 유인한 기괴한 발상이었다. 비요르켄은 빨간 양초가 어떻게 인간의 정신을 치료할 수 있냐며 어느 모로 보나 말도 안 되는 헛소리라고 치부했다. 핀켈포 박사의 처방이 터무니없는 거짓말이라는 사실은 바보도 알 일이라고 노발대발하는 스승과 달리, 라스릴은 눈뜬장님처럼 박사의 처방을 무조건 신뢰했다. 이런 이유로 라스릴은 비요르켄보르와 룸펠곳 사이를 채우고도 남을 만큼 많은 양의 양초를 가져왔다.

여름은 별다른 사건 없이 흘러갔다. 바다코끼리를 사냥하고 여우 덫을 보수하며 가을을 보내고, 11월이 되자 눈을 동반한 첫 폭풍이 수그러들고 그린란드 북동부의 하늘 위로 북극의 밤이 펼쳐졌다.

새로 언 얼음이 단단해지자 닥터는 자전거를 타고 사냥 기지를 돌며 룸펠곳에서 열릴 크리스마스 파티 초대장을 배달했다. 이번 크리스마스 파티는 매우 특별했다. 보통 혼자, 혹은 각자의 기지에서 동료와 함께 크리스마스를 보냈으므로 한 장소에 모여 성대한 파티를 여는 일은 처음이었다. 초대장 하단에는 그린란드 북동부의 교향악단 회원 이름과 각자 가져와야 할 악기, 격려의 말이 적혀 있었다. 크리스마스에 콘서트를 열기로 예정되어 있었기 때문이다. 초대장에는 드레스 코드도 명시되어 있었다. 첫째, 깨끗한 항해용 바지와 축제용 흰 아노락을 갖춰 입을 것. 둘째, 구멍이 난 양말은 제발 지양해줄 것. 반면, 어떤 종류의 음료든 대환영이었고, 크리스마스 선물도 얼마든지 자유롭게 가져올 수 있었다.

닥터가 자전거를 타고 비요르켄보르를 떠나자, 비요르켄은 라스릴과 낯짝을 크리스마스 과자 제조사로 임명했다. 비요르켄이 맡은 임무는 뗏목에서 떼어낸 허벅지처럼 굵은 통나무, 히스, 초록색으로 칠한 황마, 솜뭉치로 크리스마스트리를 제작하는 일이었다. 비요르켄은 크리스마스트리를 만드느라 남은 11월과 12월을 분주하게 보냈다. 꼭대기를 장식할 별은 떠나기 이틀 전에야 완성되었다. 지름이 50센티미터에 달하는 그 별은 발로 만든 듯 삐뚤빼뚤 서툴렀지만, 내부에 양초를 넣으면 스물네 개의 구멍을 통해 불빛이 새 나오며 꿈처럼 환상적인 분위기를 연출했다. 낯짝조차 그린란드 북동부는 물론 세상 어디에도 이렇게 멋진 크리스마스 별이 뜬 적은 없었다며 감탄했다.

비요르켄은 라스릴에게서 액을 막아주는 양초 상자 두 개를 강탈해 안에 술과 크리스마스 케이크를 넣었다. 그리고 크리스마스트리와 비요르켄보르의 다른 두 주민을 데리고 룸펠곳을 향해 길을 나섰다.

그린란드 북동부 연안의 주민들은 크리스마스 파티 준비에 바쁜 시간을 보냈다. 밸프레드와 중위는 12월을 다 바쳐 열두 병의 최상급 월귤주를 얻어냈다. 백작과 볼메르센 변호사는 라벨 붙은 포도주를 운반하기 위해 사향소 가죽을 두 겹 덧대 보온 상자를 만들었다. 관 모양의 상자에 포도주 병을 차례로 눕히는 일은 백작보다 피가 더 뜨거운 볼메르센의 차지였다. 보온 상자 덕분에 상품은 결빙에 맞서 자신을 보호할 수 있었고, 모두는 낯짝의 썰매 위에서 동고동락하며 사흘간의 여정 끝에 목적지에 도착했다.

모두가 무사히 도착했다. 모두란 열여섯 명의 사내와

아흔두 마리의 개를 의미했다. 술이 담긴 상자와 케이크, 고기, 포도주, 선물이 쪽문을 통해 들어왔다. 모르텐슨과 닥터는 친구들이 크리스마스 파티를 위해 준비한 것을 보고 감탄했다. 집주인들은 벌써 오래전부터 잔이 채워지기를 목 빠지게 기다린 환영주를 손님들에게 대접했다. 아페리티프에 분위기가 한층 고조되었다. 처음에는 커다란 양말을 신고 조용히 실내를 오가며 지나치게 격식을 차려 소곤소곤 안부를 묻던 사내들이 서로의 등을 후려치며 모르텐슨 무전기사가 대접한 교활한 유해 음료에 대한 찬사를 늘어놓았다.

이어 크리스마스 콘서트가 개최되었다. 언제나 궤변을 늘어놓는 비요르켄조차 이날을 얼마나 기다렸는지 모른다며 너스레를 떨었다. 모르텐슨 무전기사는, 좋은 의미에서 세상의 어떤 음악가도 크리스마스에 악기를 들지는 않을 것이라며 열화와 같은 성의가 아니고서는 이런 음악회가 개최될 수 없다고 강조했다. 이에 비요르켄은 길고 노란 이를 드러내며 상냥한 미소를 짓는 등, 굽실거리며 집주인의 비위를 맞추려 노력했다.

콘서트는 그럭저럭 잘 굴러갔다. 눈물을 짜내는 닥터의 톱 소리는 연주자들이 내는 소리 중 단연 으뜸이었고, 〈고요한 밤, 거룩한 밤〉이 연주되는 동안 감동한 매스 매슨은 여러 차례 소맷부리에 코를 풀었다. 물론 예외는 있었다. 가을의 어느 날 빙하를 넘어 도착한 페데르센의 김바르드*가 그것이었다. 호주머니 속을 굴러다니던 작은 페데르센의 김바르드는 이상하게도 반음 올린 '도'와 반음 내린 '시' 사이에서 벗어나지 못했다.

밸프레드는 입가에 작은 미소를 달고 한센 중위의 어깨에 머리를 기댄 채 잠이 들었다. 중위는 꼿꼿하게 앉아 콧수염을 떨며 총알처럼 검고 작은 눈으로 아득히 먼 곳을 응시했다. 낮짝은 양쪽 귀를 손가락으로 막고 셔츠 안에 안경을 집어넣었다. 소란으로부터 스스로를 보호하려고 차라리 청각장애인과 시각장애인이 되기로 작정한 듯했다.

닥터의 톱 소리는 개들을 악 올리며 뼈저리게 집 안 곳곳에 스며들었다. 처음에는 개들이 공포감에 날카롭게 짖어댔다. 하지만 소리에 한번 익숙해지고 나자, 주둥이를 하늘 높이 쳐들고 청중의 눈에서 눈물을 쏙 뽑아낼 만큼 구슬프게 울었다. 얼마 뒤에는 개들의 울부짖음이 훨씬 아름답게 들릴 정도였다. 피오르두르가 뜨개

———

* 입으로 불어 소리를 내는 악기의 일종.

질감을 무릎에 내려놓고 눈물을 글썽이며 작은 페데르센에게 속삭였다.

"빌어먹을, 정말 너무 거룩하잖아! 멋진 저녁이야!"

앙코르를 외치는 청중의 요청에 〈숲의 왕, 나의 아름다운 전나무〉가 다시 연주되자, 비요르켄이 특히 기뻐했다. 비요르켄은 눈을 들어 창문 밖에 놓인 크리스마스트리를 응시했다. 크리스마스트리는 실내에 들여놓기에는 지나치게 커서 밖에 설치되었다. 고요하고 거룩한 밤의 한가운데서 양초가 타오르고 천으로 만든 별이 반짝였다. 세상 어디에도 없는 주 예수그리스도의 별이자, 단 하나뿐인 북극의 별이었다.

콘서트가 진행되는 동안 백작은 저녁 식사 준비에 박차를 가했다. 요리는 평상시와 달리 프랑스풍 이름이 붙지 않았지만, 맛은 훌륭했다. 얇게 저민 사향소 고기와 감자 퓌레, 붉은 양배추 통조림에 이어 월귤나무 열매로 속을 채운 오리고기구이를 소개하며 백작은 '격식을 차리지 않고 소박하게 만든' 것이라 말했다. 크리스마스 요리는 할머니의 솥에서 나온 음식 같아야 했다. 식사는 잠두콩*대신 아몬드를 넣은 쌀 요리로 끝이 났는데, 아몬드를 찾아낸 사람은 단연코 라스릴이었다.

라스릴은 잠두콩을 찾은 경품으로 피오르두르가 가져온 '검은 죽음'을 받았다. 검은 죽음은 단련된 술꾼들도 옴짝달싹 못 하게 만드는 대단히 위험한 음료였다. 첫 잔을 마시자마자 라스릴은 기대했던 대로 천국을 맛보았고, 두 번째 잔을 마신 다음에는 온몸의 감각이 마비되었다. 비요르켄은 그 틈을 타 눈먼 제자가 약상자에 감춰온 빨간 양초를 날치기했다. 식사가 끝나자, 모두는 집에서 거른 증류주를 열심히 음미하며 선물 배포 시간을 가졌다.

라스릴은 낮짝에게 스웨덴 할머니에게서 물려받은 골동품 안경을 선물했다. 타원형의 작은 안경은 코 위에 올려놓자마자 어지러움을 느낄 만큼 도수가 높았다. 희미하게 보이기는 했지만, 안경 없이는 세상을 볼 수 없던 낮짝은 무척 감동한 듯 보였다.

"이 안경은 꼭 술 반 리터 같아!" 그가 말했다.

낮짝은 안경을 코 위에 올려놓은 채 시워츠의 손을 한참 동안 꼭 잡고 놓지 않았다. 고마운 마음에 라스릴

---

* 1월 6일 주현절을 기념하여 내놓는 케이크 안에 딱 하나 들어 있는 콩이나 작은 인형.

의 손을 잡으려던 것이 엉뚱한 사람에게로 향한 것이었다. 그 바람에 낯짝의 선물을 준비하지 않은 시워츠는 깊은 당혹감을 느껴야 했다.

한센 중위는 여섯 달 동안 소비하고도 남을, 기름에 절인 정어리를 밸프레드에게 선물했고, 밸프레드는 보답으로 중위에게 콧수염에 바를 1킬로 30그램짜리 포마드 기름을 선물했다.

모르텐슨은 종이 상자를 하나 선물 받았다. 안에는 탄약통과 화약 2파운드, 속이 빈 500개의 탄약과 탄약용 코르크 마개가 들어 있었다. 모르텐슨은 오래전부터 조류 사냥을 하고 싶어 했다. 그에게 부족한 것은 이제 총뿐이었다.

닥터는 초록색으로 방수 처리를 한 각반 한 쌍과 바다표범 가죽으로 만든 벙어리장갑을 받고 기분이 상했다. 엄지손가락이 하나는 위에 달리고 하나는 아래에 달려 있었기 때문이다. 장갑은 검은 머리 빌리암이 남쪽 곶을 방문한 기념으로 사 온 것이었다.

모두는 피오르두르에게서 머리띠와 빨간색 목도리를 선물 받았다. 목도리가 얼마나 긴지 목을 네 번 감고도 남았다. 베슬 마리호가 떠난 뒤 밤낮으로 뜨개질을 한 결과였다.

선물 배분이 끝나자 다리 운동도 하고, 용변도 볼 겸 모두가 밖으로 나갔다. 사내들은 집에서 적당히 떨어진 장소에 일렬로 줄지어 서서 고개를 뒤로 젖히고 총총한 밤하늘의 별을 바라보며 안을 비웠다. 부르르 몸이 떨리고 모두의 입에서 깊은 안도의 한숨이 터져 나왔다.

라스릴만이 청소를 하려고 집에 남았다. 검은 죽음에 취한 그는 화기애애했던 저녁 분위기를 떠올리며 킥킥댔다. 그리고 비요르켄으로부터 받은 단발 레밍턴을 껴안고 몹시 즐거워했다.

라스릴은 바닥에 널린 종잇조각과 마분지 상자를 주워 비틀거리며 화덕으로 걸어갔다. 쓰레기 가운데에는 모르텐슨이 받은 화약 두 봉지도 포함되어 있었다. 〈숲의 왕, 나의 아름다운 전나무〉를 흥얼거리며 그가 똬리쇠를 들어 올리고 잉걸불 위에 포장 용품을 차곡차곡 쌓았다. 그리고 창가로 걸어가 비요르켄의 크리스마스트리를 감상했다. 그때였다. 룸펠곳에서 기지가 사라졌다.

무서운 굉음을 내며 폭발음이 들리고 기지가 거센 화염에 휩싸였다. 그 바람에 화덕 문에 달린 경첩이 모두 떨어져나갔다. 용접할 때 튀는 불꽃처럼 화염 덩어리가 천장을 뚫고, 닥터가 만일의 경우 얼음을 측정할 때 사용하려고 모아둔 열두 개의 다이너마이트 상자 속으로 침투했다.

화약과 다이너마이트가 만나자 엄청난 위력의 기폭제가 되었다. 집을 지탱하던 벽들이 부서지고, 소변을 보고 있던 사냥꾼들의 가늘고 긴 다리가 거꾸로 뒤집혔다. 라스릴은 새해 전날 축제 때, 학교 친구들의 머리 위로 날아가던 불꽃처럼 문제의 장소에서 튕겨 나왔다. 그리고 똑바로 선 자세로 크리스마스트리를 뚫고 굳은 눈 더미에 머리가 처박혔다.

사내들은 폭발음에 마취된 듯, 자리에서 일어나기까지 한참의 시간이 걸렸다. 작은 페데르센이 집 쪽으로 고개를 돌렸다. 그런데 집이 온데간데없이 사라지고 없었다.

"집이 어디로 갔지?" 그가 놀라 물었다.

모두의 시선이 집이 있던 방향으로 집중되었다. 그런데 아무것도 보이지 않았다. 비요르켄이 무릎을 꿇으며 풀썩 주저앉았다. 그가 중얼거렸다.

"라스릴, 라스릴은 어디 있어?"

"저런 폭발이라면 아무리 운이 좋아도 소시지가 됐을 거야." 피오르두르가 중얼거렸다.

비요르켄은 기다란 손가락을 씹으며 절망적으로 울음을 터뜨렸다.

"그 사랑스러운 녀석이, 그 어린 녀석이, 그 바보 멍청이가……!"

비요르켄이 탄식하며 흐느꼈다. 그는 울면서 가슴속에 라스릴이 얼마나 큰 자리를 차지하고 있었는지 깨달았다.

낮짝은 할머니 안경을 코에 걸친 채 눈밭을 맴돌았다. 매스 매슨은 슬픔에 잠긴 비요르켄을 일어서게 도왔고, 동료가 굽은 등으로 크리스마스트리로 걸어가 별에서 양초를 빼내는 모습을 걱정스러운 눈으로 지켜보았다.

라스릴의 다리를 처음으로 발견한 사람은 시워츠였다.

"저기 봐, 라스릴의 엉덩이야." 시워츠가 친구들에게 소리쳐 알렸다.

"오, 하느님, 감사합니다." 매스 매슨이 대답했다. "다행이야. 스코네의 늙은 어머니에게 뭐라도 보낼 것이 생겨서."

모두는 엉덩이뿐만이 아니라 라스릴의 몸 전체를 눈더미에서 꺼냈다. 그리고 매우 기뻐했다. 친구들이 청년의 이름을 부르며 뺨을 두드렸다. 잠시 후, 정신을 차린 라스릴은 얼빠진 표정으로 피오르두르의 커다란 얼굴을 응시했다. 그가 쉰 목소리로 속삭였다.

"아, 피오르두르, 검은 죽음은 너무 독해요."

"맞아, 그랬을 거야. 이번에는 정말 성공적이었거든."
피오르두르가 겸손하게 인정했다.

"화덕 근처에서 딱 한 모금만 마셨어요. 그리고 좀 있다가……."

라스릴이 눈을 감고 기억을 더듬었다.

"화덕 근처에서 뭘 했어?" 볼메르센이 다정하게 물었다.

"포장지를 화덕에 넣었어요. 그게 전부예요." 라스릴이 대답했다.

그가 다시 눈을 뜨고 천진한 표정으로 변호사를 응시했다.

볼메르센이 고개를 끄덕였다. 그는 '그게 전부예요'라는 라스릴의 말이 무엇을 뜻하는지 알았다.

모르텐슨이 젊은 사냥꾼의 어깨에 한 손을 올려놓았다.

"알았어, 라스릴. 이미 일어난 일인데 어쩌겠어? 물론 내년에는 무선전신을 사용할 수 없겠지만, 덕분에 닥터와 난 그간 쓰지 못한 휴가를 마음껏 쓸 수 있게 됐어. 지금부터 우린 기술상의 문제로 영업 정지에 들어갈 거거든."

"내가 하지 말아야 할 걸 했나요?"

라스릴이 궁금한 표정으로 주변을 둘러보았다. 그러고는 모두의 얼굴이 심각한 것을 보고 깊은 절망에 빠

졌다. 사냥꾼들이 청년을 일으켜 세우고 낯짝의 안내를
받아 비요르켄에게 데려다주었다. 비요르켄은 벽에서
꺼낸 양초를 신경질적으로 씹으며 크리스마스트리 옆에
서 있었다. 비요르켄은 살아 돌아온 옛 수습생을 발견
하고 얼굴이 환해졌다. 씹고 있던 양초 조각을 삼키며
그가 다정한 목소리로 말했다.

"핀켈포 박사에게 안부 전해줘. 불장난 따윈 이제 그
만하라고. 빨간 양초가 우울증을 극복하게 해준다니,
말도 안 되는 거짓말이야."

비요르켄이 라스릴에게 양초를 건넸다.

"받아, 친구. 실험을 해보면 내 말이 옳다는 걸 알게
될 거야. 우울한 기분을 좋게 바꿔주는 건 흰색 양초밖
에 없어."

라스릴이 착하게 고개를 끄덕였다. 그리고 양초를 크
게 한입 베어 물고 시험 삼아 씹기 시작했다. 잠시 후, 라
스릴의 슬픈 얼굴이 눈부신 미소로 바뀌었다.

"비요르켄, 이건, 정말……."

"어때, 내 말이 맞지?" 비요르켄이 코를 훌쩍이며 말했
다. "메리 크리스마스, 친구! 메리 크리스마스, 친구들!"

북극 허풍담 6
터무니없는 거짓말

초판 1쇄 인쇄 2022년 10월 5일
초판 1쇄 발행 2022년 10월 12일

지은이 요른 릴
옮긴이 지연리
펴낸이 정중모
펴낸곳 도서출판 열림원

출판등록 1980년 5월 19일(제406-2000-000204호)
주소 경기도 파주시 회동길 152
전화 031-955-0700
팩스 031-955-0661   **페이스북** /yolimwon
홈페이지 www.yolimwon.com   **트위터** @yolimwon
이메일 editor@yolimwon.com   **인스타그램** @yolimwon

주간 김현정
편집 조혜영 황우정 최연서   **마케팅 홍보** 김선규 최가인
교정교열 김정현   **온라인사업** 서명희
디자인 강희철   **제작 관리** 윤준수 이원희 고은정 원보람

ISBN 979-11-7040-143-8 04850
       979-11-7040-057-8 (세트)